译文经典

死于威尼斯
Der Tod in Venedig

Thomas Mann

〔德〕托马斯·曼 著

钱鸿嘉 等译

上海译文出版社

目　录

译本序

　　二十世纪初，德国文学界出现了一颗光灿夺目的巨星，它华光熠熠地照亮了欧洲整个文坛，赢得了世界各国千百万读者，这就是一九二九年获诺贝尔文学奖的托马斯·曼。

　　托马斯·曼于一八七五年六月六日生于德国北部吕贝克城的一个富商家庭，父亲托马斯·约翰·亨利希·曼(1840—1890)是经营谷物的巨商，后任参议及副市长；母亲尤莉亚·曼(1851—1923)生于巴西的里约热内卢，出身富贵，有葡萄牙血统。父亲严肃、冷静，富于理智，而母亲则热情奔放，爱好艺术。他有一个哥哥、一个弟弟和两个妹妹。哥哥亨利希·曼以后也是一位举世闻名的大作家。一八九〇年十月，父亲去世，商行倒闭，全家遂于一八九二年迁至慕尼黑定居。翌年，他在文科中学毕业，后即在一家火灾保险公司当见习生。托马斯·曼早年即爱好文学艺术，博览群书；学习期间，他曾用保尔·托马斯的笔名在《春风》及《社会》杂志上发表诗歌与论文，但并不为人注目。在保险公司当见习生时，他仿效法国作家布尔热和莫泊桑的风格写了一篇以女演员和大学生的恋爱为题材的故事，这就是一八九四年十月在《社会》杂志发表的中篇小说《堕落》。

一八九五年，他离开保险公司，在慕尼黑高等学校学习，当一名旁听生。他不但旁听了艺术史和文学史等课程，而且对经济学也甚感兴趣。与此同时，他为哥哥亨利希·曼主编的《二十世纪德意志艺术与福利之页》审稿，并撰写书评。一八九五年至一八九七年间，他曾数次去意大利，到过威尼斯、佛罗伦萨、那不勒斯及罗马等地，但对意大利并无多大好感。这一时期，他阅读了德国哲学家尼采，俄国作家托尔斯泰、屠格涅夫、果戈理，法国作家福楼拜、龚古尔等人的作品。一八九八年，他又回慕尼黑，任讽刺杂志《西木卜利齐西木斯》编辑。

一八九六年及一八九七年，他继《堕落》之后又写了短篇小说《幻灭》及中篇小说《矮个儿弗里特曼先生》等，这两篇小说与其他短篇小说一起于一八九八年以《矮个儿弗里特曼先生》的书名出版。

早于一八九七年夏季，托马斯·曼就着手长篇小说《布登勃洛克一家》的准备工作。他收集了家里的旧卷宗、家庭的各种传说和书信，作为这部巨著的素材。小说中的许多人物均以他家的亲友为原型，并将吕贝克故居的许多具体情景写进小说。一九〇〇年夏秋之交，小说定稿，于翌年出版。这是一部描写资产阶级家庭从繁荣走向没落过程的史诗式的作品，是德国社会从十九世纪三十年代至九十年代发展的缩影，人物众多，场景广阔，笔触细腻，是一部批判现实主义的力作，出版后受到广泛的好评。从此作者一举成名，为他一九二九年获得诺贝尔文学奖奠定了基础。到一九七五年止，它已被译成三十种文字，在德语国家里，它已印行四百万册以上。

此后数年，托马斯·曼仍埋头于中、短篇小说等的创作。一九〇二年写完了中篇小说《特里斯坦》、短篇小说《饥饿的人们》及《上帝的剑》等。一九〇三年，他的著名中篇小说《托尼奥·克勒格尔》又在《新德意志展望》杂志上发表。同年，他将一些中、短篇（包括《路易丝姑娘》、《去墓地的路》等）汇成一集出版，书名即冠以《特里斯坦》。

这时托马斯·曼已是将近三十岁的人了。他结识了慕尼黑大学数学教授阿尔弗雷特·普灵斯海姆的女儿卡塔林娜（1883—1980），当时她正在攻读数学与物理，对音乐也有较深的造诣。经过了一段时间的热恋，两人终于在一九〇五年二月结成伉俪。婚后，他们有六个子女，即莫尼卡、戈洛、米哈伊尔、克劳斯、伊丽莎白和埃利卡，以后都成为文学、艺术和历史学方面的人材。

从婚后到第一次世界大战期间，他主要发表了三部作品，即一九〇九年的长篇小说《王爷殿下》、一九一二年的中篇小说《死于威尼斯》及一九〇六年的三幕剧本《菲奥伦察》。《王爷殿下》描写的是贵族亨利希与一美国百万富翁的女儿攀亲的故事，展示了德国资本主义发展中贵族与资本家相互依赖、相互勾结的丑恶画面。《死于威尼斯》则是托马斯·曼最优秀的作品之一，从一个侧面反映了作者的人生观与艺术观。

一九一二年五月至六月，作者的妻子卡塔林娜因肺部炎症，在瑞士的达沃斯肺病疗养院住了三星期左右。在这段时间里，他对疗养院的生活和各式各样的人物细心作了观察，长篇小说《魔山》的素材即由此而得。托马斯·曼于一九一二年开始执笔写这部巨著，一九一四年第一次世界大战爆发，写作中断，以后时断时续，终于在一九二四年问世。这是他第二部最重要的作品，在国际上影响之大不亚于《布登勃洛克一家》。有的评论家甚至认为他之所以获得诺贝尔文学奖，主要是《魔山》对世界文学的影响。美国大作家辛克莱·刘易斯在一九三〇年曾说，"我觉得《魔山》是整个欧洲生活的精髓。"在这部巨著中，托马斯·曼描写了疗养院形形色色的人物和不同类型的知识分子，反映了当时流行的各种思潮，对第一次世界大战前夕社会的各种病态现象作了深刻的描述。作者本人认为这部作品有双重意义，既是一部"时代小说"，又是一部"教育小说"。

一九二二年至一九二七年，托马斯·曼多次出国旅行，先后到过阿姆斯特丹、斯德哥尔摩、布达佩斯、布拉格、马德里、伦敦、哥本哈根、佛罗伦萨、雅典、君士坦丁堡、开罗、巴黎及华沙等地。这使他大大丰富了知识，扩展了视野，并为他以后的创作提供了多种多样的题材。长篇小说《约瑟和他的弟兄们》，就是在一九二六年酝酿成熟的。

二十世纪三十年代前后，国际反动势力日益猖獗，欧洲大陆阴云密布，法西斯主义蠢蠢欲动。这时，托马斯·曼已是一个觉醒了的民主主义者和激进的人道主义者了。一九三〇年，他在柏林作题为《告德国人》的演说，矛头直指法西斯主义。他认为能抗拒法西斯野蛮暴行的唯一力量是社会民主主义，并号召德国市民阶层站在它的一边。同年，他又发表了著名的反法西斯小说《马里奥和魔术师》。

还在希特勒上台之前七年，托马斯·曼就开始写作一组以《圣经》中约瑟的故事为题材的长篇小说，即《约瑟和他的弟兄们》四部曲。前两部《雅各的故事》和《年轻的约瑟》在作家移居国外之前即已完成，而后两部《约瑟在埃及》及《赡养者约瑟》则是在希特勒政变后写毕的。

在从事这部卷帙浩繁的巨著之前，托马斯·曼进行了大量研究工作，参考了许多科学专著，并努力追溯《圣经》传说中的历史根源。在对神话传说进行艺术处理时，他不仅依靠历史学家和考古学家的许多作品，还借助于弗洛伊德的学说。小说的某些内容表面上是讽刺埃及人民的民族自大狂，实际上却是针对德国的法西斯主义分子的。在这"四部曲"

里，托马斯·曼力求从神话中找到人道主义因素，以达到借古讽今的目的。正如托马斯·曼在一次学术报告中所说："我在内心准备把类似约瑟传说的材料当作与我的创作兴趣相吻合的东西来接受，是由于当时我的趣味发生了变化，对市民日常生活的厌弃和对神话的爱好。"许多评论家认为它与《魔山》一样，也是一部发人深省的"教育小说"。

在托马斯·曼看来，美国是当时世界上民主、自由的象征，因而于一九三八年迁居美国。不久他任普林斯顿大学教授，先后发表各种演说。一九三九年，他的又一部长篇小说《绿蒂在魏玛》问世。

《绿蒂在魏玛》的写作技巧颇为新颖，完全摆脱了传统的艺术结构。小说没有多大情节，只是着重描写歌德与青年时代热恋过的女友夏绿蒂于一八一六年重逢时的各种场景。在第七章中，作者对歌德的心理状态刻画入微，巧妙地再现了这位大诗人生活的年代及其复杂矛盾的性格。显然，作者想借歌德来确立并发挥自己的人道主义思想，矛头也是针对当时横行欧洲的法西斯主义的。

早于一九〇一年，托马斯·曼就想写一部"浮士德"式的大型作品。一九四三年五月，他开始写作长篇小说《浮士德博士》，该书于一九四七年出版。它的主题与中篇小说《死于威尼斯》等一样，是一部描写艺术家在资本主义社会下以悲剧而告终的小说，同时也是一部德国走向法西斯、走向战争与毁灭的"时代小说"。小说中，作曲家阿德里安·莱弗尔金不满现实，在音乐上试图有所创新。他同魔鬼订约后，写出了许多反传统的新颖作品，但由于莱弗尔金的人性尚未泯灭，受到魔鬼的惩罚，最后他认识到艺术不能单纯追求形式的完美，主要应有益于人类。可惜他觉悟得太晚，灵魂已为魔鬼所占有，终于变成痴呆。据作者在一九四八年发表的日记透露，莱弗尔金的思想、气质和经历，与尼采的情况十分相似，《浮士德博士》的主人公无异是尼采的化身，而音乐家与魔鬼的谈话，则取自陀思妥耶夫斯基的《卡拉马佐夫兄弟》一书。这部小说的写作技巧也与托马斯·曼的传统写法不同，具有现代派小说的许多特点。

自一九四七至一九五二年间，作家往来于欧洲大陆及美国。一九四九年，为纪念歌德诞生二百周年，作家回德国，在法兰克福和魏玛两地发表演说，两地都给他颁发了歌德奖金。由于他对日益猖獗的麦卡锡主义十分不满，而美国报刊又猛烈攻击他同情共产主义，他于一九五二年忿然离开美国，移居瑞士苏黎世附近。

托马斯·曼最后一部重要的作品，是未完成的长篇小说《大骗子克鲁尔的自白——回忆录第一部》。此书的个别章节曾在一九二二年和一九三七年发表过，第一卷在一九五四年问世。作者以回忆录的方式描写了克鲁尔招摇撞骗的一生，文笔犀利、幽默，语多讽刺。从题材上看，这部小说与托马斯·曼的早期作品也有一定联系，即涉及资本主义社会中艺术与艺术家的问题。小说的某些章节写得十分精彩，思想性与艺术性均达到了一定的高度。

托马斯·曼在生命的最后几年里，还在酝酿新的文艺作品。但他未能实现自己的计划，就以八十岁的高龄于一九五五年八月十二日与世长辞。

托马斯·曼最大的成就，无疑是《布登勃洛克一家》、《魔山》等举世瞩目的长篇小说，但他的中、短篇小说，特别是早期的中篇小说写得非常出色，在德国文学史上占有十分重要的地位。

下面我们来谈谈本书收集的托马斯·曼的两个重要的中篇小说。

《特里斯坦》是一部描写艺术与生活之间相互关系的光

彩夺目的作品。故事以一座疗养院为背景，通过德特雷夫·史平奈尔与科勒特扬夫人之间的暧昧关系的描写，反映了一些上层社会的人的病态生活的一个侧面。这里，作者一面借商人科勒特扬之口，揭示了人们崇拜金钱、蔑视艺术的丑恶本质，另一方面则精心刻画了作家史平奈尔的形象，把上世纪末那种脱离生活、逃避现实的艺术家的本质生动地勾勒出来。托马斯·曼是以冷嘲热讽的笔调来描写这些人物的，对这种无病呻吟的唯美主义艺术家显然持否定态度。艺术家应当如何正确对待生活——这就是我们在读这篇小说后应当仔细思索的问题。

《死于威尼斯》是托马斯·曼最负盛名的中篇小说。像《特里斯坦》一样，也是一部以艺术家为题材的作品，不过它所反映的社会面更加广阔，主题思想也更加深刻。西方文学界很推崇这篇小说，目为世界文学名著，而托马斯·曼本人也认为是自己的得意杰作。他曾说："《死于威尼斯》的确是一个名副其实的结晶品，这是一种结构，一个形象，从许许多多的晶面上放射出光辉。它蕴含着无数隐喻；当作品成型时，连作者本人也不禁为之目眩。"这篇作品是他于一九一一年从意大利归国后所写，一九一二年问世。故事的主人公阿申巴赫是一个正直清高的名作家，他数十年来孜孜不倦地献身于创作，一心想攀登艺术的高峰。长年累月辛勤的劳动使他心力交瘁，他很想松一口气，到国外调剂一下疲惫的身心。他选中威尼斯作为目的地，在那儿度过了不少炎热的夏日。他在饭店里遇见一个非常俊美的波兰籍男孩，他认为孩子就是美的化身，因而陷在一种反常的情爱里，不能自拔，甚至为他神魂颠倒。不久，威尼斯疠疫横行，外侨纷纷回国，而阿申巴赫明知有染疾身亡的危险，却偏偏不肯离开，宁愿守在孩子身边，最后终于死在海滩旁。许多评论家都认为阿申巴赫的原型就是作者本人，这样的人物在当时的知识界有一定的代表性。虽然他孤芳自赏，远离人民群众，但写作态度十分严谨，对当时的社会抱批判态度。他对社会上种种庸俗、浅薄的东西都看不入眼，对那个社会的种种阴暗面更感到疾首痛心。

在创作上，托马斯·曼的风格是多种多样的。他的小说的结构都经过精心的设计，在情节、构思及人物的塑造上均下过一番功夫，每个词都经过仔细的斟酌，文笔细腻生动，人物形象也十分鲜明，被公认为二十世纪德国的语言大师。传记作家德·德·门德尔松把他誉为“语言的魔术师”，也许并不过分。他的中、短篇小说既保留了十九世纪现实主义小说的某些优秀传统,有完整的故事性,情节纳入一目了然的时间与空间范畴之内,又采用了现代派的某些写作技巧(如意识流、内心独白、象征和隐喻等),因而能赢得世界各国广大的读者群。例如在《死于威尼斯》中,作者善于把现实与梦境、真实与幻觉、记忆与印象交织在一起,其中还穿插了主人公阿申巴赫对人生与美学问题的思考和精神生活的探索。阿申巴赫在确切地得悉威尼斯瘟疫流行的那天夜间,曾做了一个噩梦,作者是这样来描述这个怪诞的梦境的:

……在破雾而出的霞光中,从森林茂密的高原上,在一枝枝巨大的树干之间和长满青苔的岩石中间,一群人畜摇摇晃晃、跌跌撞撞像旋风般地走来。这是一群声势汹汹的乌合之众,他们漫山遍野而来,手执通明的火炬,在一片喧腾中围成一圈,蹁跹乱舞。……这些人兴奋若狂,高声喊叫,但叫声里却有一种柔和的清音,拖着“乌——乌”的袅袅尾声。这声音是那么甜润,又是那么粗犷,他可从来没有听到过。它像牡鹿的鸣叫声那样在空中回荡,接着,狂欢的人群中就有许多声音跟着应和,他们在喊声下相互推挤奔逐,跳起舞来,两手两脚扭摆着，他们永远不让这种声音止息。但渗透着和支配着各种声音的，却依然是这深沉而悠扬的笛声。他怀着厌恶的心情目睹这番景象，同时还得不顾羞耻地呆呆等待他们的酒宴和盛大的献祭。对于此时此地的他，这种笛声不是也很有诱惑力么？他惊恐万状，对自己信奉的上帝怀着一片至诚的心，要竭力卫护它，而对异端则深恶痛绝：它对人类的自制力和尊严是水火不相容的。但喧闹声和咆哮声震撼着山岳，使它们发出一阵阵的回响。这声音越来越大，越来越近，几乎达到令人着魔的疯狂程度。尘雾使他透不过气来——山羊腥臭的气味，人们喘着气的一股味儿，还有一潭死水散发出的浊气，再加上他所熟悉的一种气味：那就是创伤和流行病的气味。……

　　这里，作者把主人公的现实生活与梦境、感觉与幻觉巧妙地糅合在一起，加强了作品的艺术感染力。文中，"乌——乌"的"乌"字是阿申巴赫所依恋的美少年塔齐奥的"奥"字的变音，白天里，他常听到塔齐奥的母亲或别的家人总是用这副调儿叫喊这个少年；而山羊和野蛮人的腥臭味，则显然是他白昼闻到的消毒药水的气味了。

　　对自然界与景物的描写，也是托马斯·曼所十分擅长的。例如在《死于威尼斯》中，作者对旭日从海面上升起的景象作了如下描绘：

> ……天际开始展现一片玫瑰色，焕发出明灿灿的瑰丽得难以形容的华光；一朵朵初生的云彩被霞光染得亮亮的，飘浮在玫瑰色与淡蓝色的薄雾中，像一个个伫立在旁的丘比特爱神。海面上泛起一阵紫色的光，漫射的光辉似乎在滚滚的海浪上面翻腾；从地平线到天顶，似乎有无数金色的长矛忽上忽下，闪烁不定——这时，熹微的曙光已变成耀眼的光芒，一团烈焰似的火球显示出天神般的威力，悄悄地向上升腾，终于，太阳神驾着疾驰的骏马，在大地上冉冉升起。……

从这段文字里，可以看出托马斯·曼的深刻的观察力和高超的语言修养。他所选用的每一个字，看来都是经过推敲的。

再看《特里斯坦》里的一段描写：

> ——天气一直晴好。附近一带的山峦、房屋和园林，都沉浸在无风的恬静和明朗的严寒中，沉浸在耀眼的光亮和淡蓝的

阴影里，一切都那么雪白、坚硬和洁净。万里无云的淡蓝天空，穹顶似的笼罩着大地，成千上万闪烁的光点，发亮的晶体，在天空中飘舞嬉戏。……

寥寥几笔，一派凛冽的冬景就跃然纸上。

关于人物形象的刻画，托马斯·曼也匠心独运。他善于通过主人公的言词（包括对白和独白）和行动来突出人物的特性，因而他笔下的人物如阿申巴赫、史平奈尔等均有鲜明的个性，读后给人以深刻难忘的印象。

在世界文学的宝库中，德国诗歌堪称独树一帜，从歌德、席勒到海涅几乎独占了一个世纪的诗坛。德国戏剧也不乏巨匠佳作，莱辛、席勒、霍普特曼和布莱希特，都对各国的戏剧和舞台产生深远的影响。在托马斯·曼以前，除了歌德、霍夫曼、冯塔纳与史托姆外，德国小说基本上只停留于德国本土，未能像美国、俄国、法国的小说那样在世界上占有举足轻重的地位。托马斯·曼是十九世纪五十年代后德国以他的小说创作成就走向世界的第一人，是德国文学史上划时代的重要作家。一九八四年，欧洲五家影响较大的报纸曾评选出十位欧洲最受欢迎的已故作家，其中属于二十世纪的则有卡夫卡、普鲁斯特、托马斯·曼和乔伊斯四人。匈牙利杰出的文艺评论家卢卡契和德国当代著名学者汉斯·迈耶都撰有《托马斯·曼》的专著，对这位大作家倍加赞赏。俄罗斯、日本和西方许多国家都早已翻译出版了他的重要作品或多卷本。我国的出版界早于一九六二年就介绍了他的巨著《布登勃洛克一家》，之后又陆续出版了《魔山》、《绿蒂在魏玛》和《大骗子克鲁尔的自白——回忆录第一部》等书。深信今后各国研究托马斯·曼的学者将愈来愈多，而他的作品也将在世界文坛上永放异彩。

钱鸿嘉

死于威尼斯

二十世纪某年的一个春日午后，古斯塔夫·阿申巴赫从慕尼黑摄政王街的邸宅里独个儿出来漫步。在他五十岁生日以后，他在正式场合则以冯·阿申巴赫闻名。当时，欧洲大陆形势险恶，好几个月来阴云密布。整整一个上午，作家为繁重的、绞脑汁的工作累得精疲力竭，这些工作一直需要他以缜密周到、深入细致和一丝不苟的精神从事。午饭以后，他又感到自己控制不住内心汹涌澎湃创作思潮的激荡，也就是一种"motus animi continuus"[①]；根据西塞罗[②]的意见，雄伟有力的篇章就是由此产生的。他想午睡一会以消除疲劳，可又睡不着（由于体力消耗一天比一天厉害，他感到每天午睡确实非常必要），于是喝过茶后不一会，他就想到外边去逛逛，希望空气和活动能帮助他消除疲劳，以便晚上再能好好地工作一番。

时光已是五月上旬，在几星期湿冷的天气之后，一个似是而非的仲夏来临了。虽然英国花园里的树叶才出现一片嫩绿，可是已像八月般的闷热，市郊一带熙熙攘攘，挤满了车辆和行人。但通往奥迈斯特的一些道路却比较幽静，阿申巴赫就在那儿徜徉，眺望一会以热闹出名的餐厅公园的景色。公园周围停着一些出租马车和华丽的私人马车。他从公园外围取道回家，穿过了落日余辉掩映着的田野。当他走到北郊墓园时，他累了，这时在弗林公路上空又出现暴风雨的征兆，于是他等着电车，让电车直接带他回城。

想不到他在车站和车站附近没看到什么人。不论在铺过地面的翁格勒街还是弗林公路上，都看不到一辆车子。在翁格勒街，电车轨道孤寂地、亮油油地一直向施瓦平地区伸展。在石匠铺子的围篱后边，也没有一个影子在晃动。石匠铺子里陈设着各种各样待卖的十字架、神位牌、纪念碑之类，宛如另一个不埋葬尸体的坟场。对面是拜占庭式结构的殡仪

---

① 拉丁文，字面上可解释为连续不断的思想活动或心灵活动，此处有"思潮如涌"之意。
② 西塞罗（Cicero，公元前 106—前 43），古罗马政治家及演说家。

馆，它在夕阳中默默地闪着微弱的光辉。建筑物的正面，装饰着希腊式十字架和模仿埃及古代书法的浅色图案，上面镂刻着对称地排列的几行金字，内容均和来世有关，例如"彼等均已进入天府"，或者是"愿永恒之光普照亡灵"。候车的阿申巴赫专心默读、欣赏这些字迹有好几分钟，让自己整个心灵沉浸在对它们神秘意义的探索之中。正在这时，他瞥见护守在阶梯口两只圣兽上面的门廊里站着一个人，他顿时清醒过来。这个人的外表颇不平常，把他的思路完全带到另一个方向。

这个人究竟是穿过青铜门从厅堂里出来，还是从外边悄悄地溜到这上面，谁也说不准。阿申巴赫对这个问题不加深思，就倾向于第一个假设。他中等身材，瘦骨嶙峋的，没有胡子，鼻子塌得十分显眼。他是那种红发系的人，皮肤呈奶油色，长着雀斑。他显然不是巴伐利亚人，因为他头上戴着一顶边缘宽阔而平直的草帽，至少从外表看去是一个远方来客，带几分异国情调。不过他肩上却紧扣着一只本地常用的帆布背包，穿的是一件缠腰带的淡黄色绒线衫一类的紧身上衣，左臂前部挟着一件灰色雨衣，手臂托着腰部，右手则握着一根端部包有铁皮的手杖，手杖斜撑着地面，下身紧靠着手杖的弯柄，两腿交叉。他仰起了头，因而从松散的运动衫里露出的瘦削脖子上赫然呈现出一个喉结；他用没有光泽的、红睫毛的眼睛凝望远方，中间两条平直而明显的皱纹与他那个塌鼻子衬托着，显得相当古怪。也许是他站着的位置较高，使阿申巴赫对他有这么一个印象：他有一种盛气凌人的、慓悍的甚至是目空一切的神态，这可能是因为他被夕阳的光辉照得眼睛发花，露出一副怪相，或者面部有些畸形的地方；他的嘴唇太短而向后翘起，从牙肉那里露出一排又长又白的牙齿。

阿申巴赫用一半是观赏、一半是好奇的眼光凝神注视着这位陌生人，但这种注视似乎缺乏考虑，因为他猛然发觉那个人直愣愣地回瞪他一眼，目光恶狠狠地富有敌意，有一种迫使他的眼锋缩回的威力。这下子可刺痛了阿申巴赫，他转身开始沿围篱走去，暂且决定不再去注意这个人。不一会，他就把他忘了。不知是那个陌生人的逍遥姿态对他的想象力起了作用呢，还是某种肉体因素或精神因素在起作用，他只十分惊异地觉得内心有一种豁然开朗之感，心里乱糟糟的，同时滋长着一种青年人想到远方去漫游的渴望，这种意念非常强烈，非常新奇，不过它早已磨灭，久已淡忘，因而他两手反剪在背后，一动不动地呆立在那里，目不转睛地瞧着地面，审察自己的心绪和意向。

　　这不过是对旅行的热望而已，别的没有什么。但它确实来得那么突然，那么激动人心，甚至近乎一种幻觉。他的欲望显得一清二楚了。他早晨工作时起一刻也不能平息的那种想象力，描摹出——企图一下子展现出——五花八门人世间的种种惊险面。他看着。他看到了一幅景色，看到了热带地区烟雾弥漫天空下的一片沼泽，潮湿、丰饶而又阴森可怖。这是一片古老的荒原，布满了岛屿、沼泽和淤泥冲积的河道。在长满蕨类植物的繁茂丛林中，在肥沃、泉水涌流和奇花异卉竞相争妍、草木丛生的土地上，他看到一棵棵毛茸茸的棕榈树到处挺立，还看到一株株奇形怪状的大树，树根有的外露在土壤上，有的向下伸到河水里，黏滞不动的河水反映出绿色的树阴，那里飘动着乳白色的、碗口般大的鲜花，而肩肉高耸、嘴形奇特的怪鸟则站立在浅滩上，一动不动呆呆地向旁瞧着。在竹林深处节节疤疤的树干中间，蹲伏着一只老虎，两眼闪闪发光。他感到内心因恐惧和神秘的渴望而颤动。这时幻象消失了。阿申巴赫摇摇头，又沿着石匠铺子的围篱走他的路。

　　过去，至少从他有机会能任意享受社交的种种好处时起，他一直认为，旅行不过是一种养生之道，有时不得不违背心愿去敷衍一下。他为他自己和欧洲广大人士所提出的繁重任务忙得喘不过气来，创作的责任感沉重地压在他的心头。他非常厌恶娱乐，以致对外面的花花世界没有任何兴趣。他已非常满足于那些不必远离自己小天地的人们所能获得的世间各种见识，因而离开欧洲的事，他一刻也不曾想过。尤其是他的生命力已渐渐衰退，他艺术家的那种深恐大功不能告成——即担心工作半途而废，不能鞠躬尽瘁献身于事业——的忧虑已再不能轻易排除以后，他几乎只在家居所在的那个可爱的城市里露面，足迹也不出他那座简陋的乡间别墅；那座别墅坐落在山区，他常在那儿度过多雨的夏天。

不过刚才那种心血来潮的念头，他很快就用理智和青年时代就养成的自制力压抑下去，内心恢复了平静。他的本意是在出国之前，先把他生命赖以寄托的工作完成到某一个阶段，至于在世界各地漫游，就得好几个月放弃他的工作，这种想法太不痛快、太不着边际了，不值得认真去考虑。然而他如此意外地受到感染，其原因可一清二楚。迫切想去远方遨游，追求新奇事物，渴望自由、解脱一切和到达忘我境界——他承认这些无非是逃避现实的一种冲动，企图尽力摆脱本身的工作和刻板的、冷冰冰的、使人头脑发涨的日常事务。可是他还是眷恋着这样的工作，同时也几乎喜欢去作那种使人伤透脑筋的、每天都有一番新鲜内容的斗争。这是顽强、骄傲、久经考验的意志力同这一与日俱增的疲劳之间的斗争，这种疲劳任何人都不会觉察到，而他的作品中也决不会流露出他头脑失灵或灵感枯竭的任何痕迹。但是弓弦不能绷得太紧，而强烈地激发出来的愿望也不能硬加压抑，这似乎也是理所当然的。他想到自己的工作，想到昨天和今天不得不离开的地方，因为无论你怎样煞费苦心，或者发生什么突如其来的变故，你还是得离开的。他一再想打开或解开这个疙瘩，但最后还是怀着一阵战栗的厌恶心情退缩了。这里并没有什么特殊的错综复杂的因素。不过他精神涣散的原因，却是畏首畏尾，鼓不起劲儿，这表现在他的要求愈来愈高，永远感不到满足。当然，这种不满足从他青年时代起就被看作是他天才的禀性和特质；正因为如此，他的情感才能受到约束，并冷静下来，因为他知道，人们是容易为得过且过和半点成就而心满意足的。难道他那种硬加压制的情感现在已开始报复，想远远离开他，不愿再为他的艺术增添翅膀，同时还要夺去他表现形式上的一切快慰与欢乐么？他的创作并不坏，这至少是他长年累月的成果；他的作品确实可以随时稳稳地达到登峰造极的境地。但即使整个国家崇仰他，他也并不引以为乐。在他看来，他的作品似乎已缺乏热情洋溢的特色；热情洋溢是欢乐的产物，它比任何内在的价值更为可贵，是一个更为重要的优点，能使广大读者感受到欢乐。他害怕在乡间过夏，害怕在小屋子内单独与为他备伙食的女佣和侍候他的男仆在一起；也害怕看到他所熟悉的山峰和悬崖，它们又会把他团团围住，使他透不过气来。因此他很需要换换环境，找某个临时性的憩息之所，消磨消磨时光，呼吸远方的新鲜空气，汲取一股新的血液，使夏天过得稍稍满意些，丰富些。这样看来，作一番旅行会叫他称心如意。但不必走得那么远，不必一直到有老虎的地方去。在卧车里睡一夜，在可爱的南方任何一个游乐场所痛痛快快地歇上三四个星期……

　　他这么想着的时候，电车叮叮当当的响声渐渐逼近翁格勒街。上车时，他决心今晚专心研究一下地图和旅行指南。一上车，他就想回头看看刚才逗留时戴草帽的那个游伴，这片刻的逗留毕竟是很有收获的。可是那个人已行踪不明，因为不论在他以前站着的地方，还是下一个车站或车厢里，都找不到他的影子。

古斯塔夫·阿申巴赫出生在西里西亚省的L县城。他是一个高级法官的儿子。他的祖先都是军官、法官、行政长官之流，这些人为君王和国家服务，过着严谨而相当俭朴的生活。他们中间只有一个有比较热忱的心灵，具体的职业是传教士；至于机敏而富于情感的素质，则是从先辈方面作家的母亲家族中得来的，她是波希米亚一位乐队指挥的女儿。他的脸部有外国人的特征，这也得自他的母亲。刻板拘谨与捉摸不定、热情奔放的个性相结合，便产生了一个艺术家，一个不凡的艺术家。他是那篇描写普鲁士腓特烈大帝生活的笔调明朗、气势磅礴的史诗的作者，同时也是一个勤勉的艺术家，以他孜孜不倦的精神精心创作了一部名为《马亚》的长篇小说，这部小说形象鲜明，把人类各种各样的命运都归结到一个主题思想上；另外他还创作过一部颇有感染力的小说《不幸的人》，它告诉整个年青的一代（他们是应当感恩的）：即使一个人的知识到了顶，他仍旧可能保持道德上的坚定性。最后，也是他成熟时期的代表作，是题名为《心灵与艺术》的那篇激动人心的论著，层次井然，修辞工整，富有说服力，因而一些严肃的评论家把它与席勒的《论质朴之诗与伤感之诗》并列。

阿申巴赫一心追求名誉，因而他虽不早熟，但由于笔调精辟犀利，很早就具备成名的条件。几乎还是一个中学生时，他已出了名。十年以后，他已学会坐在写字台面前用优美的、意味深长的辞句处理成批的信稿，使自己的英名保持不衰；信稿内容非简短不可，因为人们对这位有成就、有威望的作家硬是提出许多要求。四十岁时，尽管实际工作的重担与种种变迁使他劳瘁不堪，他还得每天处理一批世界各地人们寄来的、颂扬他的邮件。

他的才能既不同凡响，又毫无怪僻之处，因而赢得广大读者的信赖，同时又博得爱挑眼儿的那些行家们的鼓励与同情。从少年时代起，各方面都希冀他干一番事业，而且是不平凡的事业，因而青年人那股懒懒散散、逍遥自在的劲儿，他可从来不曾有过。当他三十五岁在维也纳病倒时，一位同他结交的细心观察家曾发过这样的议论："你们看，阿申巴赫的生活老是这个样子，"说到这里，讲话人把他左手几个手指捏成一个拳头，"永远不可能像这个样子。"说罢，他张开的那只手就漫不经心地从安乐椅的靠背上垂下来。这真是一针见血。由于阿申巴赫生来体格并不结实，更显得他在道德上是一个勇者——他只是由于责任感才经常从事紧张的工作，并非生来就能如此。

遵从医师的劝告，他在童年时代没有上学，不得不在家里受教育。他孤独地成长，没有同伴，但他一定很早就认识到他是属于那种类型的人——这种人欠缺的不是才智，而是才智赖以发挥的体魄。换句话说，他是属于往往很早崭露头角而才华难以持续到晚年的那种类型的人。然而他的格言乃是"坚持到底"；在他那本描写腓特烈大帝的小说里，他所看到的只是那位老英雄"坚持到底"这一嘱咐的超凡入圣之处，他认为这句话集中体现了在苦难面前坚韧不拔的品德。他也非常希望活得久些，因为他认为只有当一个艺术家在人生各个阶段都能取得典型的成就时，他的艺术造诣才可说是真正伟大的，有普遍意义的，同时也是真正值得尊敬的。

　　由于他荏弱的肩膀上担负着天才应负的种种重任，而且有十分远大的志向，他非常需要纪律。幸而纪律是父族方面遗传下来的素质。在四十岁或五十岁的时候，一般人都在挥霍无度，沉湎于酒色，或者醉心于远大的计划而迟迟未能如愿，但他却不是这样，每天一早就用冷水淋洗他的胸部和背部，然后擎起一对银座的长蜡烛，将它们放在稿纸上面，把他从睡眠中积聚起来的精力热诚地、专心致志地贡献给艺术，一次就是两三小时。某些局外人以为，显现在《马亚》中的各种景物以及展示腓特烈大帝英雄业绩的波澜壮阔的史诗，都是作者在某种力量的鞭策下以巨大的精力一气呵成的明证，这也难怪；事实上，这些作品却是凭着无数片断的灵感，靠每时每刻一砖一瓦地辛勤累积的结果，因而无论就整体或细节来说，都很优美；这是因为创作者有着像征服他出生地西里西亚那样的顽强意志与坚韧不拔的毅力，能专门为一部作品长年累月呕心沥血，把自己最宝贵的时间一心一意地奉献给创作事业。这样更显得他道德上的过人之处。

　　要使一部杰出的作品能立即发挥深远的影响，作者的个人命运与同时代广大群众的命运之间，必须有某种内在的休戚相关的联系，甚至彼此间能引起共鸣。人们不懂得为什么他们专将名誉奉送给某些艺术作品。他们远没有鉴别力；他们只发觉作品中有成千上万的优点，因而博得他们的好感是理所当然的。但他们赞扬的真正理由却难以捉摸，只是同情而已。有一次，阿申巴赫在一个不很引人注目的地方直截了当地发表过这样的意见：差不多所有伟大的事物都是"敢于藐视"的，是在跟忧虑、痛苦、穷困、孤独、病弱、道德败坏、七情六欲以及各种各样的障碍作斗争而诞生出来的。这不仅仅是一种见解，而是经验之谈。这正好是他生活的信条，成名的圭臬，也是他工作的诀窍。如果说这些都是最能体现出他的个性的品格与风貌，又有什么值得惊奇的呢？

关于这位作家所偏爱的、在他的作品中反复出现的那种新型英雄，一位目光敏锐的评论家早已作过这样的分析：他的面貌应当是"智力发达，纯朴，有丈夫气概"，"能在刀光剑影中咬紧牙关，巍然屹立，临危不惧"。这是美丽的，才气横溢的，确切的，尽管这种提法似乎太消极些。不过在命运面前能自我克制，在痛苦中仍能保持风雅，并非只是一种屈从。这是一种积极的成就，一个明确的胜利。塞巴斯蒂安①的形象，乃是艺术中最美的象征；即使就整个艺术而论不一定这样，但就我们这里谈到的艺术而言，却确是如此。只要我们透视一下他所描写的那个世界，就可看出这一主题的种种形态：例如一种在世人面前一直隐瞒自己腐化堕落的身心的高傲自制力；因情欲而毁容的丑陋——这种丑陋可以将闷烧着的情感余烬化成一团纯洁的烈火，甚至在美的王国里达到至高无上的境界；即使身体衰弱无能为力，但心灵深处却迸发

---

① 塞巴斯蒂安(Sebastian,255—288)，基督教的圣徒和殉难者，因有人告发他的教徒身份而被判死刑；但弓箭手行刑时未命中，为一个名叫艾琳的女人救活。后来他在皇帝面前说理，被乱棒打死。

着光和热，它的力量足以使整个骄傲的民族在他的感召下投身到十字架前；在干着枯燥、刻板的事务时，仍不失其亲切、优雅的举止；诈骗成性者那种狡诈而充满风险的生活，以及煞费心机的阴谋诡计。只要我们想一想人类所有的这些命运（而且类似的命运还有好多），就会禁不住提出这样的疑问：除了"弱者"的英雄主义之外，究竟是否还有其他的英雄主义。然而不管怎么说，除了这种英雄主义之外，到底还有什么更能代表时代精神的呢？古斯塔夫·阿申巴赫确实是所有那些辛勤工作、心力交瘁而仍能挺起腰板的人们的代言人，是现代一切有成就而道德高尚的人们的代言人，他们尽管病弱瘦削，财源匮乏，但还是凭借自己顽强的意志力和智能，设法使自己的业绩至少在一个时期内放射出异彩。这些人很多，他们是时代的英杰。他们全都在他的作品中反映出来。他们的地位获得肯定，他们被赞扬，被歌颂。他们对他感恩，把他的声名传扬。

他年青幼稚，不识时务，曾在公众面前跌过跤，犯过错误，暴露出自己的弱点，在言论和著作中不讲策略，违反常情。但他毕竟赢得了荣誉，而荣誉，正如他所说，是每个伟大的天才孜孜以求的当然目标。是的，人们可以说，他的整个生涯都是有意识地、顽强地为名誉而努力攀登的一生，而把人们的猜忌与讥讽等种种障碍都置之脑后。

市民群众感到兴趣的，是生动活泼而并不诉诸理智的通俗易懂的描写，但热情奔放、追求绝对真理的青年，却只是为作者提出的问题所吸引。阿申巴赫像任何青年人一样，是热衷于研究问题的，是信奉绝对真理的。他崇奉理智，在知识的土壤上辛勤耕耘，好容易收获了播下的种子；他摈弃神秘主义，怀疑天才，对艺术嗤之以鼻。不错，正当信徒们对他的作品欣赏不已、推崇备至时，他，这个青年艺术家，却对艺术的值得争论的性质和艺术技巧方面发表一些玩世不恭的意见，使二十岁的青年们大惊失色。

可是一颗崇高活泼的心灵，在知识尖利而严酷的锋芒面前似乎会比在其他事物面前更加迅速、更加急剧地萎缩下去。确实，青年们一心所追求的目标哪怕如何苦心孤诣，真心实意，与大师深邃而果断的决心相比，就显得浅薄可笑。大师对知识既排斥又抗拒，掉头不屑一顾，唯恐知识会使他的意志、行动、感情甚至激情（哪怕是最低限度）变得麻木不仁，一文不值。《不幸的人》那篇著名的小说，难道不是对当代风靡一时的那种颓废心理的谴责吗？小说体现出来的人物，是一个任凭命运播弄的既软弱又愚钝的蠢汉，由于昏聩无能，意志薄弱，竟把自己的妻子推入一个面容光洁的青年人的怀抱里去，在卑微的境地中了却残生。作者这里用怒不可遏的语言唾弃了受遗弃的人，对道德上的犹疑不决公然表达了他的深恶痛绝之情，对自作自受所招致的苦难不寄予丝毫同情。有一句婆婆妈妈的好心肠话，说什么"了解一切，就是原谅一切"，他认为这句话丝毫没有骨气，曾公然加以驳斥。这里所呈现的，或者已清晰地展示出来的，乃是"公正无私的品质重现的奇迹"。不久，这就明确地成为作者谈话的主题，而且带着某种玄妙的色彩加以强调。多么奇特的思路啊！莫非正是由于这种品质的"重现"，由于这种新的品德和严谨的态度，才使他在智力上有如此成就，因而人们从那个时候起观察到他的文风似乎过于华丽秀美，简洁明澈而又工整，使他的作品此后具有明显的、甚至是刻意模仿的名家大师和经典著作的风味？然而超出了知识界限、又为知识（它起阻碍作用和解体作用）所束缚的那种德行，难道它不是又把世界和人们的心灵看得过于简单化的一种倾向，因而也助长了恶势力，鼓励了那些该受禁止的和不合伦常的行径？这样，形式上不是有两重性了吗？难道"德行"和"缺德"可以同时并存——德行是教养的结果及表现，而缺德，甚至违反德行，则在本质上意味着善恶不分，而且力图使德行屈膝于自己无限而傲慢不可一世的统治权之下？

听其自然吧！发展的本身就是一种命运；而博得广大公众同情和信赖的那些人，在行动方面为什么不该与那些默默无闻的人们有别呢？当一个伟大的天才艺成脱颖而出，能经常明确地意识到他才智的价值，但同时却装出一副孤芳自赏的姿态——其实内心充满着无法排遣的痛苦与斗争——而且还设法让世人也知道他的才智和名声时，只有冥顽不灵的吉卜赛人才感到无聊，会发出嘲笑之声。此外，在天才的自我形成过程中，有多少喜怒哀乐和恶风逆浪啊！随着时间的推移，古斯塔夫·阿申巴赫的文章中有一些官腔和教训人的味儿，他后几年的笔调失去了敢想敢说的犀利风格和微妙清新的色彩，变得一本正经，精雕细琢，循规蹈矩，甚至有些公式化。像人们对路易十四的传统说法那样，这位年事渐长的作家在文体方面摈弃了一切普通的字句；也就是在这个时候，学校当局把他的一些著作选载在规定的教科书中。当一个刚即位的德意志君王在腓特烈大帝史诗作者的五十寿辰授以贵族头衔时，他认为受之无愧，并不拒绝。

他辛辛苦苦地奔波了几年，在各处寻找安居的地方，后来才不失时机地选中慕尼黑作为他永久栖身之所。他住在那里，受到市民们对社会名流那种稀有的尊敬。他青年时代就和学者家庭出身的一位姑娘结婚，但婚后只有一段短时期的幸福生活，不久妻子就去世了。他身边有一个已婚的女儿，可从来没有一个儿子。

古斯塔夫·冯·阿申巴赫还够不上中等身材，皮肤黝黑，剃修整洁。他的脑袋同他纤弱的身材相比，显得太大了些。他头发向后梳，分开的地方比较稀疏，鬓角处则十分浓密而花白，从而衬托出一个高高的、皱纹密布而疤痕斑斑的前额。他戴一副玻璃上不镶边的金质眼镜，眼镜架深陷在粗厚的鼻梁里，鼻子弯成钩状，有一副贵族气派。他的嘴阔而松弛，有时往往突然紧闭，腮帮儿瘦削而多皱纹，长得不错的下巴稍稍有些裂开。看来，变化多端的命运已在他的头部留下了印记，因为他的头老是伤感地歪向一边。不过使作家的面容变形的，不是繁重劳碌的事务和生活，而是艺术。在这个额角后面，传出了伏尔泰和腓特烈大帝对于战争问题的精辟言论和动人的答辩；一对困倦而深陷的眸子透过眼镜向外凝望，曾亲眼看到过七年战争时期病院中种种血淋淋的恐怖景象。不错，从个人角度来说，艺术使生活更为丰满。它使人感受更大的欢乐，但也更快地令人衰老。艺术在它的信奉者面上镌刻着奇妙的幻想与高超的意境；即使这些信徒在表面上过着一种幽静恬淡的生活，但到头来还会变得吹毛求疵，过分琢磨，疲乏困倦，神经过敏，而纵情于声色之娱的人们是不致落到这步田地的。

从那次散步以后，尽管他急于想作一次旅游，但一些实际事务和文学方面的事务使他又在慕尼黑呆上两星期左右。终于他通知乡下，他四星期内就可回到乡间别墅里来。他在五月下半月的某一天将乘夜车去的里雅斯特①，在那里只逗留二十四小时，第二天早晨就乘船到波拉去。

他所追求的，只是新奇的事物和无牵无挂的境界。这个目的却是很快地就能达到的，因此他在亚得里亚海离伊斯特拉半岛海岸不远的一个小岛上住下来。这个小岛闻名已有多年，当地居民衣着虽然破破烂烂，但色彩鲜艳，说话的音调怪里怪气。那里的悬崖峭壁十分奇丽，下面就是一片大海。但那里经常下雨，空气沉闷，旅馆里住的都是些见识浅薄、胸襟褊

---

① 意大利亚得里亚海海湾的一个港口。

狭的奥地利人，而且没有机会接近他所向往的大海，因为只有在松软的沙滩上才能走近它。这些都很使他不快，他感到这里并不是他应当来的地方。他内心一阵激动，焦躁不安，不知上哪儿去才好。他细心了解轮船的来往路线，留神注视周围的一切：突然间，他的目的地油然呈现在他的眼前。如果有人一夜之间决定想去一个无与伦比的、神话般的地方，他该去哪儿呢？这是一清二楚的。他到这儿来干什么呢？他错了。本来他是想到那种地方去旅行的。呆在这儿可不对头，他毫不迟疑地取消原来的打算。他来到岛上约摸十天以后，一只飞快的汽艇在晨光熹微中经过海面把他和他的行李带回到军港，他在这里登陆以后，只需马上经过栈桥到一艘轮船的湿漉漉的甲板上去就行。这只船是开往威尼斯去的。

这是一只使用已久的意大利轮船，很旧，被烟灰熏得又黑又脏。阿申巴赫一上船，就有一个肮脏的驼背船员满脸堆笑地引他到船身深处一间洞穴状的小舱内，小舱有灯光照明。在小舱的桌子后面，坐着一个嘴角叼着烟头、帽子一直歪戴到脑后并且长着山羊胡子的人，他的脸相有几分像旧时的马戏团老板。他用做生意的那种装腔作势的姿态接待旅客，签发票证。"到威尼斯去！"他重复地念着阿申巴赫的申请，一面伸出手臂，把钢笔浸到斜摆着的墨水瓶中去蘸黏滞滞的墨水。"乘头等舱到威尼斯去！就这么办吧，先生。"他胡乱地写了一通，拿起一只匣子把蓝色的沙子撒在纸上，然后把沙子放到泥罐里，用焦黄的、瘦骨嶙峋的手指把纸折好，重新写起来。"到威尼斯去旅行，这个地方拣得好！"他一面写，一面喋喋不休地说。"啊！威尼斯！多美的城市！对有教养的人来说，这个城市有一种不可抗拒的吸引力，因为它过去有一段光荣的历史，现在还是很有魔力！"他行动敏捷，空话连篇，有些招摇撞骗的味儿，好像他担心那位旅客威尼斯之行的决心还会动摇似的。他匆匆忙忙地算账，把找剩的钱放在污迹斑斑的台布上，干起来像赌场里收储金的那样利落。"先生，愿您称心如意！"他像演戏般地鞠了一躬。"能够侍候您，我感到不胜荣幸！……再来一位！"他接下去马上扬起胳膊喊着，像有一大批旅客鱼贯地等在门口，虽然，实际上再也没有什么人要办手续。于是阿申巴赫回到甲板上。

他把一只手臂靠在栏杆上，望着到码头来徜徉的、想目送轮船开出的闲散的人群，然后再回头观察同船的旅客。二等舱的男男女女都蹲在甲板上，他们拿箱子和行李包当作座位。头等舱的旅伴中还有一群青年，看去像是波拉城里商业部门的伙计，他们聚在一起嬉笑，闹哄哄的，为意大利之行显得兴高采烈。他们吵吵嚷嚷地谈论本行工作，说着笑着，手舞足蹈，洋洋自得，而且还大声唤呼那些挟着公文包沿港口大街去干公事的同事们；对于这些凭着栏杆油嘴滑舌打趣的伙计们，他们也挥动手杖作出吓唬的姿态。其中有一个人穿着过时的淡黄色夏衣，系着一条红领带，戴着一顶引人注目的巴拿马草帽；他欢腾雀跃，拉开嗓门直叫，声音比任何人都响。但阿申巴赫还不及稍稍定神细细打量他一下，就大吃一惊地发现他并不是一个青年人。不容怀疑，他是一个老头儿。他的眼圈和嘴角都布满了皱纹，面颊上的那层淡红色不过是胭脂；周围镶有彩色花边的巴拿马草帽下面棕色的头发，其实却是假发；脖子萎缩，青筋毕露，一根根翘起的胡子和下巴下面的小绺胡须，都是染过色的；笑时露出的一口黄牙，只不过是一副廉价的假货；两只食指上戴着印章戒指，一双手完全像老年人一样。阿申巴赫瞅着这个老家伙和他的同伙，心里泛起了一阵反感。难道他们看不出他已是一个老人，已没有资格穿起奢华绚丽的衣服，也没有资格去扮演青年人的角色？看来，他们对杂在中间的这个老头儿已习以为常，把他看作是同一类人。他打趣地用肘子推撞他们的胸部，他们也毫不厌恶地报以同样的玩笑。这是怎么一回事呢？阿申巴赫把手托在额角上，闭着眼睛，这说明他睡得太少了。在他看来，这一切似乎并不那么寻常，仿佛他所理解的那个世界已开始像梦境般地渐渐远去，变得奇形怪状，只要他稍稍遮一会儿脸，然后再张开眼睛看，这一切似乎都会停止。但正在这当儿，他猛然有一种浮荡的感觉，张眼一看，惊奇地发觉灰黑笨重的船体已慢慢离开筑堤的海岸。在机器的往复运动下，码头与船身之间污浊的、闪闪发光的海水像一条条的波带，一英寸一英寸地向四面扩展，汽船经过一番笨拙的掉头动作，就昂首驶往大海。阿申巴赫走到右舷，这里，驼背船员已为他准备好一把躺椅，同时，工作衣上油迹斑斑的一个服务员问他要吃些什么。

　　天色灰沉沉的，风中带一股潮润的味儿。港口和小岛渐渐落在后面，陆地的各部分很快消失在烟雾迷蒙的地平线上。一团团为水气胀大的烟灰，纷纷飘落在洗过的、尚未干透的甲板上。不到一小时，船已张起帆篷，因为天开始下雨了。

　　我们的旅行者把斗篷裹在身上，衣兜上放着一本书，休息着。时间不知不觉地在流逝。雨停了，篷布也开始卸下。天边一望无垠。在幽暗的苍穹下，展现着一片空旷寂寥、无边无际的大海。可是在广漠无垠的空间里，我们无法凭感觉来衡量时间，我们对时间的概念只是一片混沌，无从捉摸。在阿申巴赫躺着休息时，奇形怪状、模糊不清的身影——充作花花公子的老头儿，内舱里那个长山羊胡子的管理员——在他的脑海里晃来晃去，他们做着莫名其妙的手势，发出梦呓般的胡言。他睡着了。

中午时，人们叫他到一间走廊模样的餐厅里吃午饭，餐厅与卧舱的门相通。他在一张长桌的尽头处用餐，在桌子前端则坐着商行的那批伙计们，其中还有那个老头儿。他们从十点钟起，就和那位兴致勃勃的船长开怀痛饮。这餐饭他吃得很不开心，匆匆忙忙就吃完了。他不得已走到甲板上，仰望长空，看威尼斯是否即将在远处闪现。

他一心一意所想的，只是快快望见威尼斯，因为这个城市在他的心目中一直保持着光辉的形象。但天空和海水却暗淡无光，一片铅灰色，有时还降着雾蒙蒙的细雨。他暗自思量，取道水路时望见的威尼斯，也许与他过去取道陆路时所见到的不同吧。他站在前桅旁，眺望远方，眼巴巴等着陆地出现。他想起了某一位曾看到自己所神往的圆屋顶和钟楼从海浪里浮现的沉郁而热情的诗人，他默诵了诗人的一些佳句，这是诗人当时怀着崇敬和悲喜交集的心情恰到好处地吟咏出来的。某种思绪一旦孕育出来，他就很容易为之激动。他省察了自己那颗真挚而疲乏的心，问漫游者的内心深处究竟是否还蕴蓄着某种新的激情和迷惘不安，是否还有什么新的惊险荒唐的想法。

海岸线终于在右面浮现了，海里有许多渔船活跃起来，海滨浴场也清晰可见。这时汽船放慢了速度，穿过了以威尼斯命名的狭窄港湾，海滨浴场就掉在背后。它在咸水湖里一排杂乱粗陋的房子面前戛然停住，因它得等待卫生艇前来检验。

一小时过去了，终于开来一只船。人们赶来一看，原来不是卫生艇。虽然人们并不急，但感到很不耐烦。这时，嘹亮的军号声从公园一带越过水面传来，这声音似乎激起了波拉青年们的爱国热情，于是纷纷来到甲板上，兴奋地喝起许多阿斯蒂①酒，一面为那边操演着的步兵②纵情欢呼，大声喝彩。可是那个涂脂抹粉的老头儿和青年们混在一起的情景，

---

① 意大利地名，以产酒闻名。
② 此处指意大利的特种步兵。

看去委实太不顺眼。他那副老骨头的酒量当然及不上那批年富力壮的小伙子，这时已醉得十分可怜。他站着，摇摇晃晃，目光痴呆，一支香烟夹在瑟瑟发抖的手指中间，醉得前俯后仰，好容易才维持住身体的平衡。他再走一步恐怕就要跌跤，动也不敢动一下；但可怜的是他依然兴致勃勃，谁走近他的身边，他就拉住谁的衣扣，结结巴巴地说些什么，扭动身子，吃吃地笑着，并且伸出那只戴戒指的、皱纹密布的食指，显得又蠢又可笑；他莫名其妙地用舌尖舔着嘴角，令人作呕。阿申巴赫看到这副景象，不禁皱起眉头，心里怪不自在。这时他又感到一阵昏眩，仿佛周围的世界又稍稍地、无可阻挡地换了一个样，变得光怪陆离，丑恶可笑。环境不允许他再仔细想下去，因为机舱的引擎又砰然一声发动起来，轮船经过圣马科运河，又继续它那临近目的地时遽然中止的航行。

　　这样，他又一次看到那令人叹赏不已的登陆地点。建筑群的结构灿烂夺目，绚丽多彩，这是共和国为前来观光的海员们兴建的，好叫他们看了五体投地：宫殿和"叹息桥"轻巧华丽；海岸边矗立着刻有狮子和圣像的柱子；仙人庙的侧翼高高耸起，绮丽动人；大门的过道和巨钟则又是一番壮观。他环顾四周，感到从陆路搭火车到威尼斯就好比从后门跨入宫殿似的，只有像他现在那样乘轮船穿过大海，才能窥见这个城市难以想象的瑰丽全貌。

　　引擎停止了。平底船①争先恐后地划过来，上岸的舷梯也搭好了。海关人员登上轮船，执行任务；旅客现在可以开始上岸。阿申巴赫要雇一只平底船，以便把他本人和行李带到来往于威尼斯与海滨浴场之间的汽船的浮码头里，因为他想在海滨住下来。他们同意了他的建议，并把他的要求大声向水面上传达。水面上，平底船船夫正操着本地方言争论不休。他下船的事又为了箱子问题延搁下来，他们竟然费了很大的力气才把它从梯子般的扶梯上拖下来。因此有好几分钟工夫，他无法摆脱那位面目可憎的老头儿的纠缠。老头儿已喝得神志不清，居然要向这位陌生人正式道别。"我们祝您住在这儿一切最最称心如意！"他打躬作揖喃喃地说。"请发发好心，不要忘记我们！Au revoir, excusez und bonjour, ②我尊敬的先生！"他嘴里淌着口水，眨巴着眼睛，舔着嘴角，下巴上染过色的胡子在衰老的嘴唇旁边一根根直竖起来。"请代向我们

---

① 威尼斯特有的一种小船，船身狭长，底部平坦，船首与船尾均较高。
② 法语：再见，请原谅，早安。但这里 und 仍旧是德语。

问好，"他嘟哝着，两个手指尖头一直放到嘴边，"请代向我们为那个亲爱的美人儿问好，为那个……最最……可爱的、最最……漂亮的小亲亲问好……！"说到这里，他上面的假牙托板突然从上腭落到下唇边，阿申巴赫就乘此溜之大吉。"向亲爱的……亲爱的美人儿问好！"他背后还听到空荡荡的、含糊不清的声音和格格的笑声，但这时他已扶住绳子结成的栏架，爬下船梯了。

谁第一次坐上威尼斯的平底船，或者在长时期不坐以后再登上它，恐怕都免不了感到一阵瞬时的战栗和神秘的激动吧？这是一种从吟咏民谣的时代起就一直传下来的稀有交通工具，船身漆成一种特殊的黑色，世界上只有棺木才能同它相比——这就使人联想起在船桨划破水面溅溅作声的深夜里，有人会悄悄地干着冒险勾当；它甚至还使人想到死亡，想到灵柩，想到阴惨惨的葬礼和默默无言的最后送别。人们可曾注意到，这种小船的座位，船里这种漆得像棺木一样的、连垫子也是黑油油的扶手椅，原来是世界上最柔软、最奢华，同时也是最舒适的座位？当阿申巴赫在划船人的下方坐下来时——他的行李整整齐齐地堆在对面的船头上——他就意识到这一点。这时摇桨的船夫们还在吵吵闹闹地争执，声音粗嘎，含糊不清，还作着威吓性的手势。但这座水城异乎寻常的寂静，似乎把他们的声音吸收、游离，并且散播到海浪里去了。港口这边十分和暖。从炎热地区吹来的风一阵阵地拂在他的脸上，温凉宜人。我们的旅行者悠闲地靠在坐垫上，闭目养神，陶醉在无忧无虑的境界里，这种境界对他来说是生平难得的，也是十分甜蜜的。乘船的时间是不会长的，他想；但愿能长此呆在这里，永不离开！在船身轻微的颠簸中，他感到尘世的烦嚣和吵吵嚷嚷的声音似乎都已烟消云散。

周围是多么静啊！而且越来越静。除了船桨拍打湖水的汩汩声外，除了波浪在船头上重浊的击拍声外，什么都听不见。船头是黑色的，坡度很大，顶部像一支画戟那样矗立在水中。这时还可以听到另一种声音，这是一种话音，一种低语——这是划船人断断续续地发出的喃喃自语，声音似乎是从他挥动胳膊摇桨时迸出来的。阿申巴赫抬头一看，发觉他周围的咸水湖湖面越来越宽，船儿一直向大海划去，不免有些吃惊。因此他不能认为万事大吉，要实现他的愿望，他还得花一番心思。

"你把我划到汽船码头去，"他一面说，一面把身子稍稍转向后面。划船人的喃喃声停止了。阿申巴赫没有听到回答。

"把我划到轮船码头去！"他再说一遍，一面挪过身子来，直愣愣地睨视着划船人。这时对方站在他后面稍稍高出的甲板上，铅灰色的天空下面赫然耸现着他的身影。这个人的容貌不惹人喜欢，甚至有些凶相，穿的是一件蓝色水手式服装，扣着一条黄色佩带，戴的是一顶不像样的草帽，草帽不很规矩地歪戴在头上，帽辫已开始松散。从他的面相和塌鼻子下一抹淡黄色卷曲的胡须看来，他一点也不像意大利人。尽管他的体格不大魁梧，因而不能指望他的摇船本领特别高强，但他使劲地划着，每打一次桨都施展出全身力气。有时由于用力过度，他的嘴角翘向后面，露出一排雪白的牙齿。他皱起淡红色的眉毛，用坚决的、几乎是粗鲁的语调两眼朝天地冲着乘客说：

"您到海滨浴场去吧。"

阿申巴赫回答说：

"真是这样。可是我乘这只船的目的，只是为了能摆渡到圣马科去。我要在那边乘小汽艇。"

"您不能乘小汽艇，先生。"

"为什么不能？"

"因为小汽艇不能载行李。"

这倒是不错的，阿申巴赫现在记起了。他一言不发。不过这个人这么粗暴傲慢，不像他本国的习俗那样对待外国人总是彬彬有礼，他可受不了。他接着说：

"这是我的事。也许我可以把行李寄存一下。你再摇回去。"

他不吭声。船桨仍在啪啪地划着水，水浪闷声闷气地拍着船头。嘀咕又开始了：划船人又在齿缝里自言自语。

他该怎么办呢？我们这位旅客在水面上独个儿与这个神秘莫测、一意孤行的人在一起，对如何实现自己的愿望感到一筹莫展。如果他不像现在那么激动，他该休息得多么甜美啊！他本来不是巴望着在船里能呆得久些，但愿此景常在吗？看来，最聪明的办法莫过于听其自然，而且这毕竟也是最舒坦的。他感到一阵倦怠，这似乎是座椅引起的；这是一种低低的、有黑垫子的扶手椅，他后面那位专横的船老大摇起桨来，椅子就轻轻地向左右摇摆。一个异想天开的念头从阿申巴赫的脑海中闪过：也许我已落入一个歹徒之手，而要采取防卫行动却又无能为力。更麻烦的似乎是这样一种可能性：他的目的无非是为了敲诈勒索。一种责任感或自尊心——也可说是要尽力防止此事发生的某种意念——促使他又一次振作精神。他问：

"你要多少船钱？"

划船人的眼睛越过他的头顶瞪着前方，回答说：

"反正您会付的。"

他顶着回答一句，语气显得相当强硬。阿申巴赫干巴巴地说：

"要是你把我摇到我不想去的地方，我就不付钱，一个子儿也不付。"

"您想到海滨浴场去吧。"

"可不是搭你的船去。"

"我摇你去吧，我摇得不错哪。"

阿申巴赫想，这话倒不错，于是又宽了心。确实，你替我摇得不错。即使你想要我的钱，而且用桨儿朝我背后猛击一下送我入地狱，你还得好好地替我划船。

不过这类事没有发生。不仅如此，他们还有些交往：有一只坐满男男女女、乐声悠扬的小船迎面而来，把平底船拦住，硬要挨在一起彼此靠着向前行驶；船里的人奏着吉他和曼陀林，纵情歌唱；本来湖面上一片宁静，现在却荡漾着有异国情调的、以赢利为目的的抒情歌声。阿申巴赫把钱币投在他们伸手拿着的帽子里，于是他们一声不响地摇走了。这时又可以听到划船人的咕哝声，他还是在断断续续地自言自语。

船儿就这样继续向前摇去，一艘汽船驶往城里去，船后激起的水波使小船颠簸起来。岸上有两个公务人员反剪双手踱来踱去，脸朝着咸水湖。阿申巴赫在一个老头儿的帮助下跳离踏板上岸，老头儿手里拿着一根有钩的篙子；威尼斯每个码头上都有这种老人。因为他手边缺乏一些零款，他就过去到浮码头附近一家饭店里兑一下，准备随手付些钱给船老大。他在门厅里换好了钱，回到原处，不料看到他的旅行用品都已放在码头的一部手推车上，而平底船和船老大已无影无踪。

"他溜走了，"手里拿着有钩的船篙的那个老头儿说。"他是一个坏蛋，没有执照，老爷。没有执照的船老大只有他一个人。有人打电话通知这儿，他看出有人守着他，于是逃跑了。"

阿申巴赫耸耸肩膀。

"那位老兄白白地划了一阵船，"老头儿说，接着就拿下帽子向他递去。阿申巴赫投下一些钱币。他吩咐把行李送往海滨浴场的饭店里，自己则跟着手推车沿一条林阴道走去，林阴道上开满了白花，两旁有小吃部、货摊及供膳宿的地方。这条路横穿小岛一直通到海滩。

他取道花园的草坪从后面走进宽敞的饭店，经过大厅、前厅一直到办公室。饭店里已预先知道他要来，因此热情接待。经理是一个矮小、和气而善于献殷勤的人，长着一脸黑胡髭，穿着一件法国式燕尾服。他亲自乘电梯陪他上三层楼，领他进一个房间。这是一间舒适、幽雅的卧室，家具用樱桃木制成，房里供着花儿，香气扑鼻，一排长窗朝大海那面开着。经理走了后，他踱到一扇窗边，这时人们在他背后把行李搬来，在房间里安顿好。他就凭窗眺望午后人影稀少的沙滩和没有阳光的大海。那时正好涨潮，海水把连绵起伏的波浪一阵阵推向海岸，发出均匀而安闲的节奏。

个性孤独、沉默寡言的人们，在观察和感受方面没有像合群的人们那样清晰敏锐，但比他们却更为深刻。前者的思路较为迟钝，但却神采飞扬，而且不无忧伤之情。在别人可以一顾了之、一笑置之或三言两语就可轻易作结论的景象和感受，却会盘踞在这种人的脑际，久久不能忘怀；它们默默地陷在里面，变得意味深长，同时也就成为经验、情感以及大胆的冒险精神。孤寂能产生独创精神，酝酿出一种敢作敢为、令人震惊的美丽的创作，也就是诗。但孤寂也会促成相反的东西，会养成人们不近人情、荒唐怪僻的性格，也会使人萌生非法之念。因此，旅途中的种种景象——那个奇装异服、招摇过市、嘴里"小亲亲呀"说个不停的面目可憎的老头儿，那个被禁止营业、船钱落空的船老大，到现在还印在这位旅行者的心坎里，使他久久不能平静。尽管这些都不妨害他的理智，而且确实也不值得仔细思索，但它们从本质上说都是些怪现象，这种矛盾心理使他焦躁不安。不过在这样的心绪中，他还是举目眺望大海，为体会到威尼斯近在眼前而高兴。过一会他终于转过身来，洗了脸，叫女服务员作好一番布置，让自己舒服一会，然后乘电梯下楼。开电梯的是一个穿绿色制服的瑞士人。

他在朝向大海的露台上喝茶，然后走向下面，在海滨的散步场所走了一阵，方向朝着至上饭店。当他回来时，看来已是换衣服准备吃晚饭的时间了。他更衣的动作一向慢条斯理，因为他惯于在盥洗室里构思，尽管如此，但到休息室的时间还是稍稍早些。这时，饭店里已有许多客人聚集在休息室里，他们互不相识，彼此都装得很冷淡，但实际上大家都在等饭吃。他从桌上拿起一张报纸，在一只有扶手的皮椅里坐下，张眼察看周围的同伴们。这些人看去十分舒服，和第一阶段旅途上所见到的人物迥然不同。

这里令人有一种见识丰富、眼界开阔之感。人们压低了声音在交谈，讲的是一些大国的语言。时髦的夜礼服，温文尔雅的风度，使这里各种人物的仪表显得落落大方。这儿可以看到干巴巴的、神情沮丧的美国人，家人前拥后簇的俄国人，英国的太太们，以及法国保姆陪伴着的德国孩子。宾客中看来以斯拉夫人占优势。在阿申巴赫身旁，有人在讲波兰话。

在一张柳条桌周围，聚集着一群少年男女，他们由一位家庭女教师或伴娘照管着；三个是少女，年龄看来不过十五到十七岁光景，还有一个头发长长的男孩子，大约十四岁。这个男孩子长得非常俊，阿申巴赫看得呆住了。他脸色苍白，神态悠闲，一头蜜色的鬈发，鼻子秀挺，而且有一张迷人的嘴。他像天使般的纯净可爱，令人想起希腊艺术极盛时代的雕塑品。他秀美的外貌有一种无与伦比的魅力，阿申巴赫觉得无论在自然界或造型艺术中，他从未见过这样精雕细琢的可喜的艺术作品。更使他惊异的，则是他姐姐的教养方式跟他的形成极其鲜明的对照，这从她们的衣着和举止上表现出来。这三个姑娘中最大的一个看去已经成人，她们的装束都很朴素严肃，失去了少女应有的风度。三人穿的都是修道院式半身长的朴实的蓝灰色衣服，像是随随便便剪裁出来的，很不合身；翻转的白色衣领，算是她们身上唯一耀眼的地方。这种装束把身材上的优美线条都硬给压抑下去了。她们头发平梳着，紧贴在脑袋上，这就使脸蛋儿显得像修女的一样，奄奄无生气。当然，这一切都是做母亲的在指挥；不过她这种对三位姑娘学究式的严格要求，却一点也不想加在那个男孩子身上。他显然是娇生惯养的。家里人从来不敢拿剪子去剪他漂亮的头发，他的头发在额角上一绺绺鬈曲着，一直垂到耳际和脖子边。他穿着一件英国的海员上衣，打裥的袖子在下端稍稍紧些；他的手还像孩子一般的小，袖子正好遮住了他纤弱的腕部。衣服上的丝带、网眼和刺绣，使这个娇小的身躯看去带几分阔气和骄纵。他坐着，半边身影面向着观察他的阿申巴赫，一只穿黑漆皮鞋的脚搁在另一只前面，肘子靠在藤椅的扶手上，腮帮儿紧偎在一只合拢的手里。他神态悠闲，完全不像他几位妇人气的姐姐那样，看去老是那么古板、拘谨。他体弱多病吧？因为在一头金色浓密鬈发的衬托下，他脸上的肤色白得像雕琢成的象牙一般。或者他只是一个大人们不正常的偏爱下宠坏了的孩子？阿申巴赫认为后面这种想法似乎对头些。几乎每个艺术家天生都有一种任性而邪恶的倾向，那就是承认"美"所引起的非正义性，并对这种贵族式的偏袒心理加以同情和崇拜。

一位侍者进来在周围跑了一圈，用英语通知说晚饭已准备好了。这群人渐渐散开，经过玻璃门一直走进餐厅。迟到的人也纷纷从前厅或电梯上过来。里面，人们已开始用餐，但这些年轻的波兰人仍在柳条桌旁呆着。阿申巴赫安闲地坐在低陷的安乐椅里，举目欣赏他眼前的美色，和他们一起等待。

家庭教师是一个面色红润的年轻矮胖女人，她终于作出站起来的姿态。她扬起眉毛将椅子一把推向后面，向走进休息室来的一个高大妇人俯身致意。这位妇人穿一件银灰色的衣服，打扮得珠光宝气。她冷若冰霜，端庄稳重，略施香粉的头发发型和衣服式样却别具一种纯朴的风格，凡是把虔诚看作是一种高贵品德的那些圈子里，人们是往往崇尚这种风格的。她可能是某一位德国高级官员的夫人，她的豪华气派只是从一身饰物中显现出来，它们几乎都是无价之宝———副耳环，一副长长的三股式项链，上面饰着樱桃般大小的、隐隐闪光的珍珠。

三个姐姐迅速站了起来。她们弯下身子去吻妈妈的手，她却漠然一笑，掉头跟女教师用法语说些什么话。她的脸是花过一番保养功夫的，但鼻儿尖尖，有些憔悴。这时她向玻璃门走去。三个姐姐跟在她后面，姑娘们按照年龄大小先后走着，后面是女教师，最后才是那个男孩子。在他正要跨出门槛之前，不知怎的回头一望。这时休息室里已空无一人，他那双独特的、朦朦胧胧的灰色眸子正好与阿申巴赫的视线相遇。阿申巴赫端坐着，膝上摊着一张报纸，目不转睛地看着这群人离去。

当然，他所看到的并没有丝毫异常的地方。他们在母亲未到之前不去坐席，他们等着她，恭恭敬敬地向她致意，进餐厅时遵守礼仪，规矩十足。只是这一切都是那么富于表情，充分体现出优秀的教养、责任感和自尊心，使阿申巴赫不禁深受感动。他又滞留片刻，然后走进餐厅。当他发觉指定他用膳的那张桌子离波兰一家人很远时，他不免感到一阵惆怅。

他很累，情绪十分激动。在这段长而沉闷的就餐时间内，他用一些抽象的、甚至超越感官直觉的事来排遣自己。他对自然法则与个人之间所必然存在的关系沉思默想——人世间的美莫非就是由此产生的；他考察了形式和艺术方面的普遍性问题，最后觉得他的种种思考和发现只不过像睡梦中某些令人快慰的启示，一待头脑清醒过来，就显得淡而无味，不着边际。饭后他在散发着黄昏清香气息的花园里休息，一会儿坐着抽烟，一会儿又来回漫步，后来及时上床，夜里睡得很沉，没有醒过，但却梦魂颠倒。

第二天天气看来并不怎么好。陆地上吹来阵阵微风。在阴云密布的铅灰色的天空下，海洋显得风平浪静，没精打采，好像已萎缩了似的。地平线上是阴沉沉、黑压压的一片。岸边的海水差不多已经退尽，露出了一排狭长的沙滩。当阿申巴赫开窗凭眺时，他似乎闻到咸水湖湖水腐臭的气息。

他感到很不自在。这时他已打算离开这儿了。几年前也有那么一次：当他在这里度过几星期明朗的春日后，也是这种天气使他萌起回乡之念，他感到住在这儿实在太闷气，因而像一个逃犯似的非离开威尼斯不可。当时那种像害热病一般的不愉快的心情，太阳穴上隐隐的胀痛，眼睑沉甸甸的感觉，现在不是又在侵袭着他吗？再次换一个环境，那可太麻烦了；但如果风向不变，他也不想再呆下去。为稳当起见，他暂时不把行李全部打开。九时左右，他在休息室与餐厅之间供早膳的餐室里吃早饭。

　　餐室里肃静无哗,这是大饭店里所特有的气派。服务员们踮起脚尖来来去去。除了茶具碰撞时轻微的叮当声和低低的耳语声外,什么都听不见。在斜对着房门和阿申巴赫隔开两张桌子的一个角落里,他看到这几位波兰姑娘和她们的女教师。她们直挺挺地坐在那儿,睡眼惺忪,灰黄色的头发刚刚梳平,穿着僵硬的蓝色亚麻布上衣,衣领和袖口又白又小。她们把一碟果酱递来递去,早饭差不多已吃完了。可那个男孩子还没有来。

　　阿申巴赫微笑起来。嗨,你这个爱享福的小鬼!他想。比起你的姐姐们来,你似乎有任意睡大觉的特权!他突然兴致勃发,信口背诵起一首诗来:

　　　　你的装饰时时变花样;
　　　　一会儿洗热水浴,
　　　　一会儿又往床上躺。

　　他从容不迫地吃早饭。门房脱下了花边帽走进餐室。他从他手中接过一叠刚到的邮件,于是抽起烟来,拆开几封信读着。因此，当那个睡大觉的孩子进来时，他还在餐室里，而别人也还在等着这个迟到的人呢。

他穿过玻璃门进来，悄悄地斜穿过餐厅走到姐姐们坐着的桌子旁。他的步态——无论上身的姿势、膝部的摆动或穿着白皮鞋的那只脚举步的姿态——异常优美、轻巧，显得既洒脱又傲慢；他走进餐室时两次回头上顾下盼，这种稚气的羞赧又平添他的几分妩媚。他笑盈盈地坐下，轻声地、含糊不清地说了些什么话。这时他侧过身子正好朝向欣赏着他的阿申巴赫，因而对方看得特别清楚。这时，阿申巴赫又一次对于人们容貌上那种真正的、天神般的美感到惊讶，甚至惊异不止。今天，孩子身上穿着一件薄薄的蓝白条子的棉布海员上装，胸口扎着一个红丝带的衣结，脖子周围翻出一条普通的白色竖领。这种衣领就其质地来说并不能算特别高雅，但上面却衬托出一个如花如玉、俊美无比的脑袋。这是爱神的头颅，有帕罗斯岛①大理石淡黄色的光华。他的眉毛细密而端庄，一头鬈发浓密而柔顺地一直长到鬓角和耳际。

妙啊，妙！阿申巴赫用专家那种冷静的鉴赏眼光想着，

---

① 希腊的一个岛屿，以产大理石闻名。

像艺术家对某种杰作有时想掩饰自己欣喜若狂、忍俊不禁的心情时那样。他又接下去思忖：要不是大海和海滩在等着我，只要你在这儿待多久，我也想在这儿待多久！然而他还是在饭店服务员的众目睽睽之下穿过客厅，走下台阶，经过木板小路，一直来到海滩上专供旅客休憩的那块地方。一个赤脚老头儿陪他到一间供他租用的小屋里，他穿着一条麻布裤和一件水手上装，戴着草帽，是这儿的浴室老板。阿申巴赫要他把桌子和安乐椅摆到沙滩上搭起的木板平台上，于是随手提起一只靠背椅，把它一直带到海滨蜡黄色的沙坪上，让自己舒舒服服地坐着休息。

　　海滩的景色像往常一样给他以欢娱之感。他极目眺望，心旷神怡，陶醉在大自然的怀抱里。这时灰蓝色的浅海上已是闹盈盈的，孩子们在涉水，有人在游泳，还有些人穿着花花绿绿的衣裳，两只手臂交叉着搁在头底下，躺在沙滩上；再有一些人则在没有龙骨的小船上划着桨，船身漆成蓝色或红色，船翻身时就哈哈大笑。海滩上伸展着一排排的凉屋^①，人们坐在凉屋的平台上就好像坐在阳台上一样；人们在凉屋面

---

① 意大利一种小型建筑物，墙头与屋顶均用树叶遮蔽，因此比较凉爽。

前有的喧嚷嬉笑，有的伸开四肢懒洋洋地躺着，他们互相访问，谈笑风生。还有一些人在讲究地理晨妆，半裸着身子，尽情享受海滨上自由自在的乐趣。在前面近海处湿而坚实的沙滩上，有些人穿着白色的浴衣或宽松的、鲜艳夺目的衬衫安闲地蹓跶着。右边，孩子们搭起一座层层叠叠的沙丘，周围插满了各个国家的彩色小旗。卖贝壳、糕饼、水果的小贩蹲在地上，把货物摊在一旁。左面有一排小屋，小屋斜对着别的屋子和海洋，在一侧与沙滩隔开；在其中一间小屋前面，有一家俄国人搭起了帐篷：这里有几个长着胡子、露出一排阔牙的男人，一些娇懒的女人，还有一位波罗的海的小姐，她坐在一副画架面前，描绘着大海的风光，嘴里不住发出绝望的惊叹声。此外还有两个丑陋而温厚的孩子，一个缠头布的、奴颜婢膝的老年女佣。他们住在那里自得其乐，不知疲倦地喊着不服管束、跳跳蹦蹦的孩子们，说几句意大利话跟那个幽默的、卖糖食的老头儿不住打趣，有时一家人相互亲着面颊。他们家庭生活的细节落在旁人眼里，也显得满不在乎。

阿申巴赫想，我还是留着不走吧。哪里比得上这儿呢？他叉起双手放在衣兜里，两眼出神地看着一望无际的大海。他的眼神渐渐散乱迷茫，在一片单调、广漠、烟雾蒙蒙的空间里显得模糊不清。他爱大海有很深的根源：艺术家繁重的工作迫使他追求恬静，希望能摆脱各种恼人的、眼花缭乱的景象，使自己的心灵能达到质朴纯净和海阔天空的境界；他还热烈地向往着逍遥、超脱与永恒，向往着清净无为，这些都和他所肩负的任务恰恰相反，都是不许可的，但正因为如此，对他却是一个诱惑。他所孜孜以求的是出类拔萃，因而渴望着尽善尽美，但清净无为难道不是尽善尽美的一种形式吗？他正在想入非非的当儿，突然从岸边掠过一个人影；当他从无垠的远方收住视线定神看时，原来是那个俊美的少年从左面沿沙滩向他走来了。他光着脚准备涉水，裤脚一直卷到膝盖处，露出了细长的小腿。他慢慢地跨着步，但脚步非常轻巧自负，仿佛习惯于不穿鞋子跑路似的。这时他朝着一排横屋望去。当他看到那家俄国人在屋里悠闲地过着日子时，顿时怒容满面，现出极度轻蔑的神色。他额上现出一片阴云，嘴角向上翘起，嘴唇恨恨地歪向一方，连腮帮儿也变了形；眉头紧皱得似乎连眼睛也陷下去，眼锋射向下面，显出无比愤怒与憎恶的模样。他瞧着地面，又恶狠狠地向后一瞥，然后使劲地耸了耸肩膀表示不屑一顾，就把他的冤家们扔在后面。

　　一种微妙的感觉或某种近乎敬畏和羞愧的惶惑不安的心

情，促使阿申巴赫转过脸去，装做什么也没有看到，因为他只是偶然而严肃地观察到这幅激情流露的景象，他不愿趁机把这一感受取过来加以利用。尽管如此，他又高兴，又激动，也就是说，他的情绪很好。孩子流露的是一种幼稚的狂热情绪，对听天由命、得过且过的生活态度表示不满，而对神圣的、无法表达的超然意境，则赋予了人情味。这个孩子本来只是造物者一件赏心悦目的艺术珍品，现在却博得人们更深的同情；同时，这个刚发育的少年秀外慧中，不同凡俗，使人们能对他刮目相看，把他看成是早熟的。

　　这时响起了那孩子清脆而不太洪亮的嗓音，招呼着远处正在搭沙丘玩的伙伴们。阿申巴赫依然转过头去漫不经心地听着。伙伴们回答他，好几次喊着他的名字或爱称；阿申巴赫不无好奇地谛听着，可是除了悠扬悦耳的两个音节外——声音有些像"阿德吉奥"，但喊"阿德吉乌"的次数似乎更多些，发"乌"的尾音时音调有些拖长——却什么也听不清。他爱听这种清越的声音，认为这种和谐的音调十分美妙，于是反复默念了几遍，又回头踌躇满志地去看他的书信和文件。

　　他把旅行用的书写夹放在膝盖上，拿起自来水笔开始处理各种信札。但不一刻，他又觉得不去领略这番景象实在可惜，同时也认为因处理这些无谓的信件而错过机会也不值得——这毕竟是他心目中最值得欣赏的场面啊。他把纸笔扔在一边，又回头眺望海洋。不一会，他为堆沙丘的少年们的谈话声所吸引，于是把头转向右面（他的头本来舒坦地枕在椅子背上），张大眼睛又去找漂亮的阿德吉奥，看他究竟忙些什么。

阿申巴赫一眼就看到了他。他胸口的红丝带结准不会认错。他正和别的孩子们忙着在沙丘潮润的小沟上用宽木板搭起一座桥，他发号施令、摇头晃脑地在指挥这项工作。跟他一起玩着的约摸有十个伙伴，男孩子、女孩子都有，年龄跟他差不多，有的还要小些。他们用波兰话、法国话喊喊喳喳地交谈，有的还讲巴尔干半岛国家的方言。但在他们的谈话中，他的名字被提到的次数最多。他显然是他们所需要、所追求、所仰慕的人物。看来，其中有一个身体结实的男孩——像他一样也是波兰人，名字叫起来有些像亚斯胡——特别是他的心腹和好友，他长着一头亮油油的黑发，穿着一件用皮带束紧的粗布衣。堆沙丘的工作告一段落，他们俩就搂着腰沿海滩散步；这当儿，叫亚斯胡的那个小伙子竟吻了漂亮的阿德吉奥一下！

阿申巴赫真想伸出一根指头吓唬他一下。"不过我要奉劝你，克里多布卢斯，"他微笑着想，"还是到外国去旅行一年吧！你至少要花这么长的时间才能复原。"他从一个小贩那儿买了一些大的、熟透了的草莓饱吃一顿充当早点。虽然阳光无法透过空中重重的雾气照射下来，但天气已很炎热。他感到懒洋洋的，整个心灵融化在令人沉醉的大海的宁静气氛中。对于听起来有些像"阿德吉奥"这个名字究竟如何拼法，我们这位认真的诗人在猜测和推敲方面煞费苦心地花了一番功夫。凭着他对波兰文的某些记忆，他终于确定应当是"塔齐奥"，它是"塔德乌斯"的简称，喊时听来就像"塔齐乌"了。

　　塔齐奥在洗澡。阿申巴赫有片刻时间没有看到他。接着在远处海面上，他看到了他的脑袋，他的胳膊；他的胳膊像一柄船桨那样在击水。这时从岸边到远处的海水似乎很浅。可是家里人已担心起他来，小屋里已经传出了女人们唤他的声音，她们连声喊他的名字，"塔齐乌！""塔齐乌！"这声音几乎像集会时的口号声那样，在沙滩上到处回荡。它带着柔绵的和音，尾音的"乌"字余音袅袅，听起来有一种甜润、狂放之感。他回过身去逆着海浪划游，激起了一阵泡沫，在水面上雄赳赳地高昂着头，看去生气勃勃，纯洁而又庄严。他一绺绺的鬈发湿漉漉地淌着水，像大自然怀抱中脱颖而出的、从天上飞下或海底钻出的天使那样娇美可爱。在这幅景象面前，人们仿佛置身于神话般的境界里，换句话说，他像远古时代人类起源或天神降生时那种传奇般的人物。阿申巴赫闭起眼睛细听着自己心灵深处默默地唱着的赞歌，这时他又认为这里是个好地方，还想再多留一会儿。

过了些时候，塔齐奥洗好了澡在沙滩上休息。他裹着一条白色的浴巾，浴巾一直披到右面的肩胛下，脑袋枕在光裸着的胳臂上；即使阿申巴赫不去留神看他而只是翻着书本默读，他也念念不忘那边有一个孩子躺着，只要他向右稍稍转过头去，就能看到这个奇妙的形象。他坐在这里，仿佛是为了保护这个正在休息的人儿似的；尽管他忙着做自己的事，但对右面离他不远这个娇贵的人物，他总是一心一意地守着。他的心激荡着慈父般的深情，只有像他那样把整个心灵都奉献给美的创造事业的人，才会对美艳的人物流露出这种感人的真情。

午后，他离开海滩回到饭店，然后乘电梯进房。他呆在房里，对着镜子照了好多时候，端详着自己花白的头发和清瘫憔悴的面容。这时他想起了自己的名望，想起了街上有那么多的人认识他，尊敬地注视着他——这都是因为他的文章确切中肯，笔调优美生动。他的脑际浮现出他所能想起的、凭他的天才创造出的种种成绩，甚至想起了自己高贵的头衔。然后他下楼到餐厅吃午饭，在一张小桌子上用膳。在他吃完了饭乘电梯上楼时，一群也吃过早点的青年人一哄而上，把他拥入电梯间内，塔齐奥也走了进来。他正好站在阿申巴赫身边，距离从来没有这样近过，因而这回阿申巴赫看到的不只是一个轮廓，而是线条分明地看清了整个的人。有人在跟孩子谈话，他回答时微笑着，笑起来美得无法形容，接着就在二楼跨步走出电梯间，身子朝后，眼睛向下瞧着地面。"美会使人怕羞，"阿申巴赫想，同时一个劲儿思忖着这究竟是什么原因。不过他也注意到，塔齐奥的牙齿长得并不好，有些参差不齐，白里带青，缺乏健康的珐琅质，显示出贫血患者牙齿上常见的那种脆而透明的特色。"他弱不禁风，病恹恹的，"阿申巴赫想，"他也许活不到老。"他不去理会为什么他在这么想着时，反而有一种心安理得之感。

　　他在房间里消磨了两小时，下午就乘小汽艇经气味难闻的咸水湖到威尼斯。他在圣马科登岸，走到广场上喝了一会茶，然后按照他在本国时的习惯到街上逛逛。但这次散步却使他的情绪起了一个突变，完全推翻了原来的决定。

在狭隘的街巷里，天气闷热难当，气压也很低，因而住房里、店铺里、菜馆里都发出各种气味。油腥和其他各种香气混杂在一起，烟雾腾腾，无法散逸。香烟的烟雾似乎在空中凝住了，好久飘散不开来。狭街小巷里熙熙攘攘的人群，一点也引不起这位散步者的兴趣，反而使他烦躁不安。他路跑得越多，就越是心烦意乱，这也许是海边的空气和内地吹来的热风造成的结果，因而他又激动，又困倦。他一阵阵淌着汗，怪难受的。他的眼睛不听使唤，胸口闷得发慌，好像在发烧，一股血直往额角上冲。他急急忙忙离开了拥挤不堪的商业街巷，跨过几座桥一直来到贫民区。乞丐们向他纠缠不休，河道上散发着恶浊的气味，他连呼吸也感到不舒畅。终于，他来到威尼斯中心一个静僻的地方，这里无人问津，但却引人入胜。他在喷泉旁边休息一会，揩着额上的汗珠。他觉得非动身回去不可。

他又一次感觉到，这座城市就气候来说，对他的健康是非常不利的。这件事，现在他已终于一清二楚了。硬要在这儿住下去看来是不明智的，而以后风向会不会转变也很难说。

应当马上作出决定。现在立刻就回家,他办不到。那边,无论夏天或冬天,都没有他适宜的住处。不过海洋和沙滩并非只有威尼斯才有,其他地方可没有臭熏熏的咸水湖和热浪逼人的烟雾。他记起离的里雅斯特不远的地方有一个小小的海滨浴场,人家在他面前曾称赞过它。为什么不到那边去呢?马上就动身吧,这样,他再换一个环境住下来也许还是值得的。他主意已定,于是站起身来。他在离这里最近的停船处雇一只平底船,船儿经过好几条阴沉沉的、曲曲折折的河道向圣马科摇去。它在用大理石雕成而两侧刻有狮子图案的华丽的阳台下划过,从滑溜溜的墙角边绕过,又从一些凄凉的、宫殿式的屋宇门前经过,店铺的大幅招牌倒映在晃动着的水波中。他好容易到了目的地,因为船老大和织花边的、吹玻璃的小商贩勾结在一起,一忽儿在这儿、一忽儿在那儿停下船来,诱他上岸观光,买些小玩意儿。这样,这番别有风味的威尼斯之游刚刚在他身上产生了魅力,就因海上霸王的求利心切而黯然失色,使他的心又闷闷不乐地冷了下来。

他回到饭店来不及晚餐,就到账房间打招呼:因为某些意料不到的事,他明天一早就得离开。账房深表遗憾,把他的账目一一结清。他吃好饭后,就在后面露台的一把摇椅上坐着看报，度过不凉不暖的黄昏。在上床休息以前，他把行李全部整理好，准备明天动身。

他睡得不是最好，因为一想到往后的旅行，他就感到焦灼不安。当他早上打开窗户时，天空依旧一片阴霾，但空气似乎清新些了。就在这时，他开始有些后悔。他匆匆宣布动身不是操之过急，有些失策吗？难道它不是他当时身体欠佳、心神恍惚所造成的后果吗？要是他能稍稍再忍耐一下，不这么快就灰心丧气，让自己努力适应威尼斯的气候，静待天气好转，那么他现在就能和昨天一样，在海滩上度过这个早晨，不必为动身的事劳累忙碌。太晚了。现在他不得不再希冀着他昨天所希望获得的东西。他穿好衣服，八点钟时下楼吃早饭。

他走进餐厅时，里面还空无一人。当他坐着等菜时，稀稀落落地来了一些人。在喝茶的当儿，他看到波兰姑娘们随着她们的女教师出现了：她们一本正经地走到窗口的桌子旁坐下，容光焕发，但眼睛里还有一些红丝。接着，门房毕恭毕敬地向他走来，通知他可以动身了。汽车等在外面，准备把他和其他旅客送到至上饭店，从那里，这些客人可再乘汽艇经过公司的私开运河到达火车站。时间很紧。但阿申巴赫却不以为然。现在离火车开的时间还有一个多小时。对于旅馆里过早地催客人离开的那种习惯，他感到很不满意，他要门房让他再在这里安安静静地吃一顿早饭。那人犹疑不决地回去，五分钟后又出现了。他说，汽车不能再等下去。"那么就让它开走吧，只要把箱子带走！"阿申巴赫激动地回答。他本人到时间可以乘公共汽艇去，动身的事请他们不必再操心，让他自己决定。服务员欠着身子走了。阿申巴赫摆脱了服务员的絮叨，感到很高兴，他从容不迫地吃完早饭，还从侍者那里接过一张报纸来看看。最后他总算站起身来，时间委实十分局促。正在这时，塔齐奥跨过玻璃门走进餐室来。

他跑到自己的餐桌去时，在正要动身的阿申巴赫面前走过。在这位头发花白、天庭饱满的长者面前，他谦逊地垂下了眼睛，然后以他惯有的优雅风度抬起头来，温柔地凝视着阿申巴赫的脸，走开了。别了，塔齐奥！阿申巴赫想。我看到你的时间太短了。他一反常态，撅起嘴唇作出一副道别的姿态，甚至轻轻发出声来，还补充说一句："上帝祝福你！"于是他起身就走，把小账分给侍者，与那位矮小和气、穿法国式上装的经理告别，像来时那样徒步离开饭店。他穿过横贯小岛的开着白色花卉的林阴道来到汽船码头，后面跟着拎手提包的服务员。他赶到码头，上了船，但乘船时感到闷闷不乐，思想负担很重，而且深为悔恨。

航路是他所熟悉的：开过咸水湖，路过圣马科，一直驶往大运河。阿申巴赫坐在船头的圆凳上，手臂倚着栏杆，一只手遮住眼睛。市郊公园在他的眼前掠过，不一会，仪态万方的广场又展现在前面，然后渐渐远去，接着是一排排宫殿式的屋宇，河道转向时，里亚尔多①灿烂夺目的大理石桥拱就映入眼帘。阿申巴赫出神地望着，胸口感到一阵绞痛。威尼斯的空气，以及海洋和沼泽隐隐散发出的腐臭气味，曾促使他迫不及待地离开这个城市，但现在他又感到依依不舍，深情而痛苦地吸着这里的空气。难道他过去不知道、也不曾体察到，他是多么怀恋着威尼斯的一切景物？今天早晨他只是稍感遗憾，怀疑自己这么做是否不理智，而现在，他却是愁肠寸断，心痛欲裂，泪水一次又一次地润湿了他的眼睛。他责问自己，这一点他过去为什么竟然没有预见到。使他耿耿于怀，也是三番两次最使他受不了的，显然是因为他怕再也见不到威尼

---

① 是威尼斯的一座桥名。

斯了，今后将和这个城市永别了。既然他两度感到这个城市有害于他的健康，两度逼他抱头鼠窜而去，那么今后他就应当认为这是一个万万住不得的地方；这里的环境他可适应不了，再上这儿游览自然毫无意义。是的，他觉得如果现在就走开，他一定为了自尊心不愿再来访问这个可爱的城市。他在这里感到体力不支已有两次了。他精神上向往这儿，但体力却够不到，因而在这位年长者的心里引起了异常激烈的思想斗争。他认为体力不济是十分丢脸的事，无论如何要置之度外，同时，他也不理解为什么昨天竟能处之泰然，思想上毫无波动。

这时汽船已快到火车站，他忧闷已极，彷徨无主，不知所措。对这位受痛苦煎熬的人来说，离开看来是办不到的，但回去也势所不能。就这样，他心痛欲裂地走进车站。时间已很晚了，如果他要赶上火车，他一分钟也不能耽误。他一会儿想上车，一会儿又不想上。可是时间逼人，催他赶紧采取行动。他急急忙忙买了一张车票，在候车室一片混乱的喧嚣中去找一位饭店派在这里的服务员。这个人终于找到了，他告诉他大箱子已发出去了。真的已发出了吗？是啊，发到科莫去了。到科莫去了吗？于是急匆匆地你问一句，我答一句，问的人怒气冲冲，答的人尴里尴尬，终于才弄明白这只箱子在至上饭店已经放错，行李房把它跟别人的行李一起送到方向完全不对头的地方去了。

阿申巴赫好容易才控制住自己不动声色。在当时的情况下，他的神色如何是不难想象的。他欣喜若狂，兴奋得难以令人置信，胸口几乎感到一阵痉挛。服务员急忙去查问那只箱子，看能否把它追回，但不出所料，回来时丝毫没有结果。于是阿申巴赫说，他旅行时非带这件行李不可，因此决定再回到海滨浴场的饭店里去等这件行李送到。公司里的汽艇还在车站外面等着吗？那人斩钉截铁地说，它还等在门口。他用意大利话向售票员花言巧语说了一通，把买好的票子退回，而且郑重其事地保证说，他一定要打电报去催，一定要想尽办法把箱子立刻追回。说也奇怪，我们这位旅客到火车站才二十分钟，就又乘船经大运河回海滨浴场了。

这是多么奇异的经历啊！它是那么不可思议，那么丢脸，又是那么富于戏剧性，简直就像一场梦！他本来怀着极其沉痛的心情要跟这些地方诀别，但在命运的播弄下，他此时居然又能看到它们！疾驰的小艇像一支箭那样向目的地飞去，船头的海浪激起一阵阵泡沫；它在平底船与汽船之间巧妙灵活地转着舵，变换着航向；船上坐着他这个唯一的旅客。他表面上有些生气，装作无可奈何的样子，其实却像一个逃学的孩子，在竭力掩饰内心的慌乱与激动。他的胸脯不时起伏着，为自己这一不平凡的遭遇而暗自失笑。他对自己说，任何幸运儿也不会有这样好的运气。到时候只要解释一番，让人家张着惊愕的眼看你几下，就又万事大吉。于是灾祸避免了，严重的错误纠正了，而他本来想抛在背后的一切，又将展现在他的眼前，而且任何时候都可以属于他……难道汽艇飞快的速度欺骗了他，或者现在真的有太多的海风从海面上吹来？

海浪冲击着狭窄的运河两旁的混凝土堤岸，这条运河流过小岛一直通到至上饭店。一辆公共汽车等在那边接送归客，它越过波纹粼粼的水面一直把他送到海滨浴场饭店。这时，那位身穿拱形外套、留着小胡子的矮小经理跑下石阶来迎接他。

经理对这次意外的差错低声下气地表示抱歉，并且告诉他，他本人和饭店管理部门对这件事是多么难受，同时还赞扬阿申巴赫，说他决定留在这里等行李送回是多么英明。当然，他先前的房里已有客人，但马上可以另外开一间丝毫不差的房间。"pas de chance, monsieur，"①开电梯的瑞士人在带他上楼时微笑着对他说。就这样，我们这位溜回来的人又在房间里歇下来，这间房间的方位与摆设跟上次那间几乎一般无二。

这是一个不平凡的上午，一切都是乱纷纷的。他感到头昏目眩，精疲力竭。他把手提包里的物件一一在房里安顿好后，就在敞开的窗子下面一把靠背椅里坐下来休息。海面上呈现一片浅绿色，空气越来越稀薄清新，海滩在一些小屋和船儿的点缀下，显得色彩缤纷，尽管天空还是灰沉沉的。阿申巴赫两手交合着放在衣兜上，眺望着外面的景色。他为重返旧地而高兴，但对自己的游移不定和摸不透自己的真正意图感到老不痛快。就这样约摸有一小时光景，他静坐养神，恍恍惚惚地不知想些什么。中午时，他看到塔齐奥从海滩那边跑来，穿过围栏，沿着木板路回到饭店，身穿一件有条纹的亚麻布上衣，胸口扎着一个红结。阿申巴赫在高处不待真正看清楚，就一下子认出他来。他暗自说：嘿，塔齐奥，你又在这儿了！但就在这一瞬间，他觉得这种随随便便的问候话实在不

---

① 法语：运气不好，先生。

能出口，它不能代表内心的真实思想。他只觉得热血在沸腾，内心悲喜交集；他知道只是为了塔齐奥的缘故，才那么舍不得离开这儿。

他居高临下地默坐着，任何人都看不到他。他省察自己的内心。他眉飞色舞，笑逐颜开，嘴角的笑容是那么真切而富有生气。然后他仰起头来，提起了本来松垂的安乐椅扶手上的两只臂膊，手掌朝外，做了一个慢腾腾的回转动作，宛如要张臂拥抱似的。这可以看作是一种欢迎的姿态，一种能平心静气承受一切的姿态。

这些日子里，脸颊热得火辣辣的天神总是光着身子，驾着四匹口喷烈焰的骏马在广漠的太空里驰骋，同时刮起一阵强劲的东风，他金黄色的鬈发迎风飘荡。在波浪起伏的、宁静而浩瀚的海面上，闪耀着一片丝绸式的白光。沙滩是灼热的。在闪着银白色霞光的蔚蓝的苍穹下，一张张铁锈色的帆布遮篷在海滩的小屋面前伸展着，人们在这一片亲自布置好的荫凉的小天地里度过早上的时光。但晚间的风光也旖旎动人，园子里的花草树木散发出阵阵清香，天上星星群集，夜幕笼罩着海面，海水微微激起了浪潮，发出幽幽的低语声，令人心醉。这样的夜晚，预示着明天准是个阳光灿烂、可以悠闲地消受的好日子，展现着一片绚烂多彩的、能有种种机会纵情游乐的美妙前景。

　　我们这位客人因正好运气不佳稽留在这里，但他清楚地知道，等待失物领回绝不是他赖着不想再走的原因。整整两天，他不得不忍受着随身用品短缺的种种不便，不得不穿着旅行装到大餐厅里吃饭。送错的那只箱子终于又放在他的房间里了，他把箱子里的东西全部清理出来，在衣柜和抽屉里塞得满满的。他决定暂时再住下去，多少时间也没有一定。一想到今后能穿着丝衫在海滩上消闲，晚饭时又能穿着合适的夜礼服在餐桌旁露面，他不由感到一阵喜悦。

　　这种愉快而单调的生活已在他身上产生了魔力，这种恬静安闲而别有风味的生活方式很快使他着了迷。这儿有非常讲究的浴场，南面是一片海滩，海滩旁边就是风光秀丽的威尼斯城：这一切都是那么引人入胜，住在这里确实太美了！不过阿申巴赫是不爱这种享受的。过去，一遇到可以排愁解闷、寻欢作乐的场合——不管在哪儿，也不管在什么时候——他总满不在乎，不一会就怀着憎恶不安的心情让自己再在极度的疲劳中煎熬，投入他每天不可或缺的神圣而艰苦的工作中去，这在他青年时代尤其如此。唯有这个地方迷住了他的心，涣散了他的意志，使他感到快乐。有几次，当他早晨在小屋前的帐篷下出神地凝望着南方蔚蓝色的大海时，或者当他在和暖如春的夜间眼看着灿烂的灯光——熄灭而小夜曲悠扬的旋律渐渐沉寂下去时（这时他躺在平底船的软席上；他在马可广场上逛了好长一段时间，然后在星光闪烁的太空下让船儿把他从那边带回到海滨浴场），他总要回想起他的山乡别墅，这是他每年夏季辛勤创作的地方。这里的夏天阴云密布，云层黑压压地掠过花园的上空；晚间，可怕的暴风雨吹熄了屋子里的灯光，他喂养的乌鸦就霍地跳到枞树的树梢上去。相形之下，现在他多么舒畅，仿佛置身于理想的乐土，也仿佛在一个逍遥自在、无忧无虑的国土里遨游；那里没有雪，没有冬天，也没有暴风雨和倾盆大雨，只有俄西阿那斯①送出一阵阵清凉的和风，每天自由自在、痛痛快快地过去，不用操心，不必为生活而挣扎，有的只是一片阳光和阳光灿烂的节日。

塔齐奥这个孩子，阿申巴赫见过多次，几乎经常看到。他们只是在一个狭小的天地里活动，每天生活千篇一律，因而白天里他总能不断地接近这个俊美的少年。他到处看到

① 希腊神话中司河海之神。

他，遇见他，在旅馆底层的客厅里，在往返于威尼斯城凉爽的航道上，在繁华的广场中，以及其他许多凑巧的、进进出出的场合。不过使他有较多的机会能经常全神贯注地、愉快地欣赏这个优美的形象的，却是海滩早晨的时刻。不错，正因为他陷入了这种甜美的境界——环境促使他每天能反复享受到新的乐趣——才使他的生活感到充实而欢快，使他觉得留在这儿的可贵，同时使火炎炎的夏日能一天天开开心心地打发过去。

他起得很早，像平时那样急于想赶什么工作似的；当太阳刚刚升起、光线还很柔和而晨曦朦胧的海面上正泛起一片耀眼的白光时，他已经出现在海滩上。他比大多数人都来得早。他客客气气地向沙滩围栏的看守人问好，也和那个为他准备休息之地、搭棕色遮篷、把屋里什物移放到露台上的赤脚白胡子老头亲切地招呼，然后坐下来休息。他在那边往往要呆上三四小时，眼看太阳冉冉上升，渐渐发挥出它那灼人的威力。这时海水的蓝色也越来越深。在这段时间内，他总要呆呆望着塔齐奥。

他有时看到他从左面沿着海滩跑来，有时看到他从后面小屋中间出来，有时却突然又惊又喜地发现：由于自己迟来了一步，孩子早已在那边了；孩子穿着一件蓝白相间的浴衣——现在他在海滩边穿的正是这件衣服——在阳光下像往常一样玩着搭沙丘的游戏。这是一种闲散有趣、游荡不定的生活，不是玩耍就是休息：闲逛，涉水，挖沙，捉鱼，躺卧以及游泳。露台上的女人们守望着他，有时尖起嗓子喊着他的名字，声音在空中回荡："塔齐乌！塔齐乌！"这时他就向她们跑来，一个劲儿挥动着手臂，向她们报告他的所见所闻，并把找到和捉到的东西一一拿给她们看，像贝壳啊，马头鱼啊，水母啊，还有横爬的螃蟹。他讲的话，阿申巴赫可一句也不懂；孩子说的可能是一些最普通的家常话，但在阿申巴赫听来却清脆悦耳，优美动人。由于孩子是异国人，发出的音调好比音乐，夏日的烈炎在他身上倾泻着无尽的光辉，不远的地方就是雄伟的海洋，在这种背景衬托之下，更使他显得神采奕奕。

不久，我们这位旁观者对苍天大海掩映下那位少年身影上的每一条线条、每一种姿态，都非常熟悉。少年身上种种可爱之处，他本来虽已一清二楚，但每天见到时总带给他新的欢愉；他深感眼福无穷，赞叹不已。有一次，孩子被叫去接待一位客人，客人在屋子里等待女主人；孩子从海水里一跃而起，湿淋淋地跑上岸来，摊开了手，摇着一头鬈发，他站着时，全身重量落在一条腿上，另一只脚踮着脚尖儿；他仓皇的神色很惹人爱，转动身子时姿态非常优美，羞涩娇媚，笑脸迎人，仿佛意识到自己崇高的职责似的。有时他伸直身子躺着，胸口围着一条浴巾，一只纤弱的手臂撑在沙地上，下巴陷入掌窝中。这时，一个名叫"亚斯胡"的孩子蹲在他身旁，向他献殷勤；我们这位佼佼的美少年对这个谦卑的仆从言笑顾盼，神采飞扬，动人之处简直无可比拟。再有一些时候，他不和家人在一起，挺直身子独自站在海滩边，位置离阿申巴赫非常近，两手交叉地抱着脖子，慢慢摆动着脚上的足趾球，出神地望着碧海，让拍岸的浪花沾湿了他的脚趾。他蜜色的头发柔顺地卷曲成一团团的，披在太阳穴和脖子上，太阳照在上脊椎的汗毛上，显出一片金黄色；他的躯干瘦削不长肉，隐隐地露出身上的肋骨，胸部却长得很匀称。他腋窝还没有长毛，光滑得像一座雕像那样，膝胭晶莹可爱，一条条蓝幽幽的静脉清晰可见，仿佛他的肌肤是用某种透明的物质做成似的。这个年轻而完美的形体，体现出多么高的教养和深邃精密的思想！艺术家怀着坚强的意志和一颗纯洁的心，在黑夜里埋头工作，终于使自己神圣的作品得以问世——对于他这个艺术家来说，难道这个还不懂得，不熟悉吗？当艺术家费尽心血用语言千锤百炼地努力把他灵魂深处见到的精微形象刻画出来，并把这种形象当作是"精神美"的化身奉献给人类时，难道不就是这样一种力量在推动着他吗？

精神美的化身！他两眼望着蓝澄澄海水边站着的高傲身影，欣喜若狂地感到他这一眼已真正看到了美的本质——这一形象是神灵构思的产物，是寓于心灵之中唯一的纯洁的完美形象，这样完美的肖像和画像，在这里奉若神明，并受到崇拜。这是有一点儿痴的，狂妄的，甚至是贪婪的：这都是这位上了年纪的艺术家唤来的。他的心绞痛着，他浑身热血沸腾。他记忆中浮起了从青年时代一直保持到现在的一些原始想法，但这些想法过去一直潜伏着，没有爆发出来。书本里不是写着，太阳会把我们的注意力从理智方面转移到官能方面吗？他们说，太阳熠熠发光，炫人眼目，它使理智和记忆力迷乱，它使人的灵魂一味追求快乐而忘乎所以，而且执着地眷恋着它所照射的最美的东西。是的，它只有借助于某种形体，才有可能使人们的思考力上升到更高的境界。说真的，爱神像数学家一样，为了将纯粹形式性的概念传授给不懂事的孩子，必须用图形来帮助理解；上帝也是一样，为了向我们清晰地显示出灵性，就利用人类年轻人的形体与肤色，涂以各种美丽的色彩，使人们永不忘怀，而在看到它以后，又会不禁使人们满怀伤感之情，并燃起了希望之火。

这就是我们那位醉心于艺术的作家当时的想法，也是他所能感受的。他所迷恋的大海和灿烂的阳光，在他心里交织成一幅动人的图画：他仿佛看到离雅典城墙不远的老梧桐，那边是一个雅洁的地方，绿树成荫，柳絮飘香；为了纪念山林女神①和阿刻罗俄斯②，塑立着许多神像，供奉着不少祭品。在枝丛茂密的大树脚下，清澈的小溪淙淙地流着，小溪里有的是光滑的卵石，蟋蟀在唧唧地奏着调子。但在草地上斜靠着两个人，这里炽热的阳光照射不到，草地斜成一定的角度，使人躺着时还可以仰起头来。这两个人，一个是老头儿，一个是青年；一个丑，一个美；一个智慧丰富，一个风度翩翩。在这儿，苏格拉底就情欲和德行方面的问题启迪着菲德拉斯③，循循善诱，谈笑风生。他和对方谈论着自己怎样在烈日的淫威下备受煎熬，而当时却看到一个表征永恒之美的形象；他谈起了邪恶的、不敬神的人们，他们见到了美的形象既无动

① 希腊神话中半神半人的少女，住在山林或水乡中。
② 希腊神话中的河神。
③ 古希腊哲学家。

于衷，也不会有虔敬的心理；又谈到品德高尚的人在看到天神般的容貌和完美无疵的肉体时，只会有一种诚惶诚恐的感觉——他在美丽的形象面前仰起头来，凝神地望着，但几乎不敢正视，只是怀着崇敬的心情，愿把它当作神像一样的崇拜，也不怕世人讪笑，把他看成是痴子。因为我的菲德拉斯啊，只有美才是既可爱，又看得见的。注意！美是通过我们感官所能审察到、也是感官所能承受的唯一灵性形象。否则，如果神性、理智、德行和真理等等都通过感官表现出来，我们又会变成什么样子呢，难道我们不会在爱情的烈焰面前活活烧死，像以前塞墨勒①在宙斯②面前那样？由此看来，美是感受者通向灵性的一种途径，不过这只是一个途径，一种手段而已，我的小菲德拉斯……接着，他这个狡黠的求爱者谈到最微妙的事儿：求爱的人比被爱的人更加神圣，因为神在求爱的人那儿，不在被爱的人那儿。这也许是迄今最富于情意、最令人发噱的一种想法，七情六欲的一切狡诈诡谲之处以及它们最秘密的乐趣都是从这里产生的。

---

① 塞墨勒是希腊神话中卡德摩斯王的女儿，和宙斯生狄俄倪素斯。宙斯的姊妹和妻子赫拉嫉妒她，怂恿她向宙斯要求恢复原形，结果死于火中。
② 希腊神话中的最高天神。

思想和整个情感、情感和整个思想能完全融为一体——
这是作家至高无上的快乐。当时，我们这位孤寂的作家就处
在这样一种精神状态中：他的思想闪烁着情感的火花，而情
感却冷静而有节制。换句话说，当心灵服服帖帖地拜倒在
"美"的面前时，大自然也欣喜若狂。他突然想写些什么。据
说爱神喜欢闲散自在，而她也仅仅是为了悠闲的生活才被创
造出来的，这话不错。但在这样一个有关键意义的时刻，这位
思家心切的作家十分激动而不能自已，很想立即投入创作活
动，至于动机如何，则是无关紧要的。当时，知识界正围绕着
文化及其趣味的某一重大而迫切的问题掀起一场争议，阿申
巴赫在旅途中也获悉了这个消息。这个主题是他所熟悉的，
他有这方面的生活经历。他为一股不可抗拒的力量所驱使，
渴望一下子把这个主题用优美的文字表达出来。他要写，而
且当然要面对着塔齐奥写，写时要以这个少年的体态作为模
特儿。他的文笔也应当顺着这少年躯体的线条，这个躯体对
他来说是神圣的。他要把他的美抓进灵魂深处，像苍鹰把特
洛伊①牧人一把攫到太空里去那样。现在，他坐在帆布遮篷下

---

　　① 特洛伊，一译特洛亚，城名，希腊神话中常以该城的各种故事作为题材。

的一张粗桌子旁边，面对着他所崇拜的偶像，静听着塔齐奥音乐般的声音，用塔齐奥的美作为题材开始写他那篇小品文。这是千载难逢的宝贵时刻，他觉得他写的语句从来没有像现在那样温柔细腻，富于文采，也感到字里行间从来没有像现在那样情意绵绵，闪耀着爱神的光辉。他精耕细作地写了一页半散文，简洁高雅，热情奔放，许多读者不久定将赞叹不已，为之倾倒。世人只知道他这篇文章写得漂亮，而不知它的来源及产生作品的条件，这样确实很好；因为一旦了解到艺术家灵感的源泉，他们往往会大惊小怪，从而使作品失去了诱人的感染力。多么不平凡的时刻啊！他这一心力交瘁的创作活动也是多么不凡啊！他的灵性与另一个肉体交往，已结出多么难能可贵的果实！当阿申巴赫收藏好他的作品离开海边时，他精疲力竭，甚至感到整个身子垮了。他似乎做了一件不可告人的坏事，受到良心的谴责。

第二天早晨，当他正要离开旅馆的当儿，他从台阶上望见塔齐奥已向海滩方向跑去。塔齐奥只是一个人走着，此刻正走近栅栏门边。这时阿申巴赫萌起了一个念头，一个单纯的想法，那就是利用这一机会跟他愉快地结识，和他交谈，欣赏他回答时的神态和目光，因为这个少年已不知不觉地左右着他的情绪，提高了他的思想境界。这位美少年慢悠悠地走着，要追上他并不难，于是阿申巴赫加紧了脚步。他在小屋后面的木板路赶上了他，正要把手搭到他的脑袋或肩膀上用法语吐出几句问候的话，忽然他感到心房像锤击一样怦怦地跳个不停，这也许是因为跑路太急，一时气喘吁吁地说不出话来；他迟疑了一下，竭力控制住自己，但突然又感到一阵恐惧，生怕自己钉在这位美少年后面的时间太长，会引起他的注意，又怕他会惊疑地回过头来。他向前冲了一下，终于放弃了他的打算，垂头丧气地走过他的身边。

太迟了！他这时在想。太迟了！但真的太迟了么？要不是他刚才迟疑了一下，他本来满可以达到轻松愉快的彼岸，一切都可能顺顺当当，头脑也会清醒起来。不过实际上，这个上了年纪的人就是不想清醒，他太爱想入非非了。谁能揭开艺术家的心灵之谜呢？艺术家善于将严于律己与放荡不羁的这两种秉性融为一体，对于这种根深蒂固的秉性，又有谁能理解呢？因为无法使自己保持清醒，就是放荡不羁的表现。阿申巴赫并不再想作自我批判。他的情趣，他这把年纪的精神状态，自尊心，智慧的成熟程度以及单纯的心地，都使他不愿静下来对自己的动机一一剖析，也难以确定究竟是什么妨碍他执行原定的计划：是良心不安呢，还是懒懒散散，鼓不起勇气。他惶惶不安，怕有人——哪怕是海滩看守人——会看到他的一举一动以及最后目的未遂的下场，同时还深恐人家笑话。另外，他对自己滑稽的、一本正经的恐惧也不禁哑然失笑。"一脸狼狈相，"他想，"狼狈得像斗败了的公鸡那样，只能收起翅膀垂头丧气地退阵。这一定是神的意志，使我们一看到美色就心神涣散，把我们的傲气压下去，头也抬不起来……"他细细玩味着自己的思想，觉得还是太高傲了，不愿承认有这么一种恐惧情绪。

他自己所定出的休息日子已经到期，但他毫不在意；他根本不想回家。他去信叫家人汇来一大笔钱。他唯一关心的是那家波兰人会不会离开；利用一个偶然的机会，他从饭店的理发师那里打听到这家人是在阿申巴赫到前不久才来的。太阳把他的脸和手晒得黑黝黝的，海边含盐的空气也使他的精力更加充沛。本来，他一向是惯于把睡眠、营养或大自然所赋予他的活力立即投入到创作活动中去的，可现在呢，日光、休息和海风每天在增强他的体质，而他却把这一切都漫无节制地花在冥想和情思上面了。

他睡眠时间很短，时睡时醒；每天光阴都很宝贵，可是大同小异，夜间显得很短，内心甜滋滋的很不平静。他自然很早就睡，因为九点钟时，塔齐奥已从活动舞台上消失，对他来说一天已结束了。但在第二天晨曦初吐时，一阵心悸会把他惊醒；他回想起那天惊险的情景，再也没有心思躺在枕边，于是一跃而起，披着薄薄的衣服，迎着清晨袭人的寒气，在敞开着的窗口坐下，静待旭日东升。那天惊心动魄的经历，在他睡梦初醒的心灵里，还有一种神圣之感，使他一想到还心有余悸。此刻，天空、地面和海水还笼罩在黎明前一片阴沉沉、白蒙蒙的雾霭中，即将暗下去的一颗星星还在太空中若隐若现。吹起一阵清风，从远处某些邸宅里随风飘来喁喁细语，厄俄斯①已离开她的情人起床，黎明时最初出现的一条条柔美的淡红色霞光已在天空和海面的尽头处升起，激起了人们的创作欲。诱骗青年的女神悄悄地走近了，她夺走了克雷多斯和西发洛斯的心，而且还全然不顾奥林匹斯山众神的嫉妒，享受到漂亮的奥利安②的爱情。天际开始展现一片玫瑰色，焕发出明灿灿的瑰丽得难以形容的华光；一朵朵初生的云彩被霞

---

① 希腊神话中的曙光女神。
② 一译俄里翁，希腊神话中俊美而健壮的猎人，为曙光女神厄俄斯所爱，死后变为星座。

光染得亮亮的，飘浮在玫瑰色与淡蓝色的薄雾中，像一个个伫立在旁的丘比特爱神①。海面上泛起一阵紫色的光，漫射的光辉似乎在滚滚的海浪上面翻腾；从地平线到天顶，似乎有无数金色的长矛忽上忽下，闪烁不定——这时，熹微的曙光已变成耀眼的光芒，一团烈焰似的火球显示出天神般的威力，悄悄地向上升腾，终于，太阳神驾着疾驰的骏马，在大地上冉冉升起。阿申巴赫孤零零地坐着，眼巴巴地观望日出，太阳神照耀着他；他闭起眼睛，让阳光吻着他的眼睑。昔日的感情和往日珍贵而痛苦的追忆，本来早随着他一生勤勤恳恳的工作而淡忘、泯灭，现在却变成了如此奇特的形象一一涌上心头。他用茫然而异样的微笑认出了它们。他沉思冥想，嘴唇慢吞吞地吟出一个名字；他老是微笑着，脸朝向海面，双手交叠地放在膝盖上，又坐在安乐椅里悠悠忽忽地睡着了。

这天一开头就热气腾腾，像节日一般，而整个来说也是不平凡的，充满了神话般的色彩。黎明时吹拂在他鬓角与耳畔的那阵和煦的、怪有意思的清风，宛如云端飘洒下来的款款细语，它究竟是从哪里来的呢？一簇簇羽毛般的白云在天

① 意大利艺术中的丘比特画像，形象是裸体、有双翅、手持弓箭的俊美男孩。

空飘浮着，像天神放牧的羊群。吹来一阵强劲的风，波塞冬①
的马儿就奔驰起来，弓起身子腾跃着，其中还有几匹毛发呈
青紫色的小牛，它们低垂着牛角，一面跑着，一面吼叫着。远
处的海滩上，波浪像扑跳着的山羊那样，在峻峭的岩石间翻
腾。在这位神魂颠倒的作家周围，尽是潘神②世界里一些变了
形的神奇动物，他的心沉浸在梦幻般的微妙遐想里。有好多
回，当夕阳沉落在威尼斯后面时，他坐在公园里的一条长凳
上呆呆地瞧着塔齐奥，少年穿一身白衣服，系着一条彩色的
腰带，在滚平了的沙砾地上开开心心地玩着球。在这样的时
候，他认为自己看到的不是塔齐奥，而是许亚辛瑟斯③；但许
亚辛瑟斯是非死不可的，因为有两个神同时爱着他。不错，他
体会到塞非拉斯④对他情敌所怀那种痛苦的嫉妒滋味，当时这
位情敌忘记了神谕，忘记了弓和竖琴，终日和那位美少年一
起玩乐。他似乎看到另一个人怎样在咬牙切齿的嫉妒心驱策
下，把一个铁饼掷在那个可爱的头颅上，当时他也吓得面如

---

① 希腊神话中的海神，宙斯的兄弟。相传第一匹马就是他创造的。
② 希腊神话中的畜牧神，人身羊足，头上生角。
③ 希腊神话中的美少年。
④ 司西南风之神。

土色，把那个打伤了的身体接在怀里，同时又看到一朵鲜花，由他甜蜜的血液灌溉着，抱恨终天……

有时，人们相识只是凭一对眼睛：他们每天、甚至每小时相遇，仔细地瞧过对方的脸，但由于某种习俗或某种古怪的想法，表面上不得不装作毫不相干的陌生人那样，头也不点，话也不说。没有什么比人与人之间的这种关系更希奇、更尴尬的了。他们怀着过分紧张的好奇心，彼此感到很不自在；他们很不自然地控制着自己，故意装得素不相识，不敢交谈，甚至不敢勉强地看一眼，但又感到不满足，想歇斯底里地发泄一下。因为在人与人之间彼此还没有摸透、还不能对对方作出正确的判断时，他们总是互相爱慕、互相尊敬的，这种热烈的渴望，就是彼此还缺乏了解的明证。

阿申巴赫与这个年轻的塔齐奥之间，必然已形成了某种关系和友谊，因为这位长者已欣然觉察到对方对他无微不至的关怀并不是完全无动于衷的。比如说，现在这位美少年早晨来到海滩时，已不再像过去那样取道小屋后面的木板路，而是顺着前面那条路沿沙滩缓缓地踱过来，经过阿申巴赫搭帐篷的地方，有时还不必要地挨过他的身边，几乎从他的桌子或椅子前面擦过，然后再回到自己的屋子里。这究竟是什么力量在驱使着他呢？难道有什么超然的魅力或魔力在吸引着这个天真无邪的少年吗？阿申巴赫每天等待着塔齐奥的出现，而有时当塔齐奥真的露脸时，他却假装忙着干别的事儿，毫不在意地让这位美少年打身边掠过。但有时他也仰起头来，于是彼此就目光相接。这时两个人都是极其严肃的。长者装得道貌岸然，竭力不让自己的内心活动泄露出来，但塔齐奥的眼睛却流露出一种探索而沉思的神情。他踟蹰不前，低头瞧着地面，然后又优雅地仰起头来；当他经过时，他显示出只有高度教养的人才不会回头张望的那种风度。

　　不过有一天晚上，情况有些异样。晚饭时，大餐厅里没有波兰姐弟和家庭女教师的影子，这使阿申巴赫十分焦灼。他为见不到他们而惴惴不安。晚饭后，他穿着夜礼服，戴着草帽，径自走到饭店门口的台阶上徘徊，忽然他在弧光灯的照耀下又看到修女般的姊妹们和女教师，在她们后面四步路的地方站着塔齐奥。显然，他们是从汽船码头来的，由于某种原因在城里吃过晚饭。水面上大概很凉快，塔齐奥穿的是有金色钮子的深蓝色水手茄克衫，头上戴着一顶相配的帽子。太阳和海风并没有使他的皮肤变色，他依然白净得像大理石那样，一如当初；不过今天他比过去苍白些，这可能是因为天气较凉，也可能是因为宛如月亮里射出的惨白的灯光照在他脸上的缘故。他两道匀称的剑眉紧紧锁着，黑瞳瞳的眼睛炯炯有光，他显得更可爱了，可爱得难以形容。这时阿申巴赫又像往常那样不无痛苦地感到：对于人类肉体之美，文字只能赞美，而不能把它恰如其分地再现出来。

这个可贵的形象在他眼前出现，是他意料不到的，它来得出其不意，因而阿申巴赫来不及使自己镇定下来，装出一副一本正经的姿态。当他的目光与失而复得的塔齐奥的相遇时，喜悦、惊讶与赞赏的表情也许在他的脸上流露出来——正好在这一瞬间，塔齐奥微微一笑：他朝着阿申巴赫微笑，笑得那么富于表情，那么亲切，那么甜美，那么坦率真诚，嘴唇只是在微笑时慢慢张开。这像是那喀索斯①的微笑，他在反光的水面上俯着身子，美丽的面容在水中倒映出来，他张开手臂，笑得那么深沉，那么迷人，那么韵味无穷。那喀索斯稍稍撅起嘴，因为他想去吻自己水影中娇丽的嘴唇，这个企图结果落了空。他媚态横生，有几分心神不定，那副模样儿十分迷

---

① 希腊神话中的美少年。因爱恋自己在水中的影子而憔悴致死，死后化为水仙花。

人，他自己似乎也被迷住了。

阿申巴赫接受了这个微笑，像收到什么了不起的礼物似的匆匆转身走了。他浑身打战，受不住台阶和前花园的灯光，只好溜之大吉，急匆匆地想到后花园的阴暗角落里躲一下。他莫名其妙地动起肝火来，心底里迸出柔情脉脉的责怪声："你真不该这样笑给我看！听着，对任何人都不该这样笑！"他一屁股坐在一条长凳上，惶惶然呼吸着草木花卉夜间散发出的阵阵清香。他靠在凳背上，双臂垂下，全身一阵阵地战栗着。这时他悄声默念着人们热恋和渴想时的陈词滥调——在这种场合下，这种调子是难以想象的，荒唐的，愚蠢可笑的，但同时也是神圣的，即使在这里也值得尊敬："我爱你！"

在古斯塔夫·冯·阿申巴赫住在海滨浴场的第四个星期里，他对周围世界作了一番观察。首先，他觉得尽管已是盛夏季节，但旅馆里的客人不是多了，而是少了，特别是德国人的说话声似乎已销声匿迹，因而无论在餐桌上或海滩上，最后只听到外国人的声音。有一天，他在理发师那儿——现在他经常去理发——听到一些话，使他怔了一下。理发师谈起一家德国人只在这儿呆上几天就动身回去，接着又唠唠叨叨地带着逢迎的口气说："您先生该留在这儿吧，您是不怕瘟病的。"阿申巴赫直愣愣地瞅着他。"瘟病吗？"他重复着对方的话。那位饶舌者顿时一言不发，忙着干活，装作没听到。当阿申巴赫逼着要他说时，他说他实际上什么也不知道，然后设法用滔滔不绝的遁词把话题岔开。

这时将近正午。午后，阿申巴赫在炎炎的烈日下乘船到威尼斯去，一路风平浪静。他尾随波兰姐弟早已成了瘾，他看到他们跟着女教师已一起登上通往汽船码头之路。他在圣马科没有见到他崇拜的偶像。但当他坐在广场荫凉处一张铁脚圆桌子旁喝茶时，忽然闻到空气中有一股特别的气味。此刻，他感到这种气味弥漫在空气中似乎已有好几天了，而自己却丝毫没有觉察到。这是一种香喷喷的药水味儿，令人想起疾病、伤痛之类，或者清洁卫生方面存在着问题。他嗅了又嗅，经过一番思考之后，终于认出了这是什么。喝完茶后，他就离开教堂对面一侧的广场。在狭小的街巷里，这种气味更加浓重。街头巷尾都贴满了告示，当局对居民提出警告说，由于在此盛夏季节有某些肠胃道传染病流行，劝他们勿贪食牡蛎及其他贝壳动物，也不要用运河里的水。这一公告显然是掩饰性的。一群群的人站在桥上、广场上，一言不发，中间也夹杂一些外国人。他们东张西望，默默地思考着。

这时有一个店主正好倚在店屋的拱门边，两旁放着珊瑚、项链和人造紫晶之类的饰物，阿申巴赫就向他探询刚才闻到的怪气味究竟是怎么一回事。那人先用呆滞的目光打量着他，然后一下子变得活跃起来。"先生，这不过是一种预防性措施罢了！"他作了一个手势说。"这是警察局的命令，我们不得不听。气候闷热，热风吹来对健康不利。总之一句话，您知道，这也许是一种过分的担心……"阿申巴赫谢了他，继续往前走。即使在搭他回海滨浴场的汽船上，他依然闻到杀菌药水的气味。

一回到饭店，他就马上在休息室的阅览桌旁坐下，埋头翻阅各种报纸。在外文报纸里他看不到什么消息。但德国报纸却刊登一些疫病的流言，并提出一些不确切的数字，不过意大利官方加以否认，事情的真伪值得怀疑。这样看，德国人和奥地利人离开这里的理由是显而易见的。其他国家的人们显然还一无所知，也没有任何猜疑，他们依旧泰然自若。"这事应当保守秘密！"阿申巴赫兴奋地想，一面把报纸扔回到桌子上。"这事不该声张开去！"但同时他觉得很开心——为周围人物面临的各种险境而暗自高兴。因为激情像罪恶一样，与既定秩序和千篇一律、平淡而舒适的生活是格格不入的；对于布尔乔亚社会结构的任何削弱以及世界上各种混乱和苦难，它必然都很欢迎，因它指望能模模糊糊地在其中捞到好处。因此，在威尼斯肮脏的小巷里所发生的、当局力图掩饰的那些事，阿申巴赫用一种阴郁的幸灾乐祸的心理对待它。威尼斯城这个见不得人的秘密，是和他内心深处的秘密交融在一起的，他要竭尽全力保存它；因为这个陷入情网的人所关心的，只是塔齐奥不要离开，同时还不无惊异地觉察到：要是塔齐奥走了，今后的日子该怎么过啊。

近几天，他已不再满足于按照常规及利用偶然的机缘来亲近这位少年了。他开始尾随着他，到处追逐着他。例如在星期天，波兰人一家从来不会在海滩上出现，他猜想准是到圣马科去望弥撒了，于是急急忙忙赶到那边。他从阳光炫目的广场上一直来到暗沉沉的教堂，看到他失去的心上人正伏在祷告台上祈祷。于是他拣上一个隐蔽的地方，站在拼花地面上，和一些跪着喃喃祈祷的、画着十字的信徒们混杂在一起。教堂的结构是东方式的，富丽堂皇，使阿申巴赫有一种眼花缭乱之感。一个神父穿着厚厚的法衣缓缓走到神坛面前，做着什么手势，念念有词地诵起经来。香雾在神坛上摇曳不定的烛光里缭绕，祭坛上浓郁的香气似乎与另一种气味微微混在一起：那就是有病的城市散发出的气味。但阿申巴赫从香雾和火光中，看到这个俊俏的人物在前面回过头来探寻他，终于也见到了他。

人群从敞开着的门廊蜂拥而出，走到阳光灿烂、鸽子成群飞翔着的广场里。这时阿申巴赫如醉如痴，躲在前厅一角，偷偷潜伏着。他眼看着波兰人一家离开教堂，看到姐弟们彬彬有礼地向母亲告别，于是做母亲的就转身取道小市场回家。他也看清楚这位俊美的人儿和修女般的姐姐们跟着女教师一起穿过钟楼的大门走进服装用品商店；他让他们在自己前面保持几步路的距离，他在后面钉着。他蹑手蹑脚地跟在他们后面，在威尼斯各处兜圈子。他们站住时，他也不得不停下来，他们往回走时，他也不得不溜到小饮食店或庭院里让他们走过。有一次他竟见不到他们，于是狂热地、气急败坏地在桥头上和肮脏的死胡同里东寻西找，忽然他们在一条没法回避的羊肠小道上相遇，当下他吓得魂飞魄散。但说他为此而苦恼，也是不对的。他激动得什么似的，脚步好像听凭魔鬼的摆布，而魔鬼的癖好，就是践踏人类的理智和尊严。

塔齐奥和他的姐姐们在某个地方乘平底船。当他们上船时，阿申巴赫正好躲在某个门廊或喷泉后面；一当他们的船离岸时，他也雇了一只船。他悄悄地、急匆匆地对船夫说，要是能暗暗地跟在前面那只刚好在转角上拐弯的平底船后面并保持适当距离，就会付给他一大笔小账。当那个船夫流气十足地表示很愿意促成其事，并且唠唠叨叨地保证一定会好好为他效劳时，他感到很腻烦。

　　就这样，他靠在黑油油的软垫上，身子随着滑行的小船向左右摇摆；他跟在另一只头部黑漆漆的小船后面，心头的激情随着船后的尾波荡漾。有时他看不见小船了，于是感到一阵焦灼。不过他的领航人看来倒是此中老手，他懂得施展技巧，一会儿迅速地横摇，一会儿抄近路，使这位望眼欲穿的乘客得以经常目随着这只小船。空气像滞住似的，其中夹杂着一股味儿，炽烈的阳光透过把天空染成灰蓝色的雾气照射下来。河水拍击着木头和石块，汩汩作声；有时船夫会发出叫唤声，声音中既有警告的成分，也有问候的味儿，于是远处就响起了奇怪的和音回答他，声音在幽静的、曲曲折折的水道中回荡。在高处小花园里的倾圮的墙头上，一朵朵白色和紫色的伞形花卉低垂着头，发出杏仁的香味。阿拉伯式的花格窗在苍茫的暮色里若隐若现，教堂的大理石石阶浸在河水里，石阶上蹲着一个乞丐，苦相毕露，手里拿着一顶帽子，伸向前面，眼睛翻白，好像一个瞎子。还有一个做古董生意的小商贩，在自己的窝棚面前阿谀逢迎地招徕过路客人，满想骗他们一下子。这就是威尼斯，它像一个逢人讨好而猜疑多端的美女——这个城市有一半是神话，一半却是陷阱；在它污浊的空气里，曾一度盛开艺术之花，而音乐家也曾在这儿奏出令人销魂的和弦。这时，我们这位爱冒险的作家似乎也置身其间，看到了当时百花争艳的艺术，听到了当时美妙动人的音乐。同时他也想起疫病正笼罩着这座城市，但当局为赢利起见却故意默不作声。他更加无拘无束地眼睁睁地瞅着他前面悠悠行进着的平底船。

就这样，这位头脑发昏的人不知道、也不想干任何别的事情，只是一味追求他热恋的偶像，对方不在时他就痴想着，而且像堕入情网的人们那样，光对着影子倾诉自己的衷曲。他孑然一身，又是异国人，而且为新近的幸福所陶醉，因而有勇气去体验最最荒诞不经的生活而毫无顾忌，永不脸红。于是发生了这么一个插曲：有一天他很晚从威尼斯回来，在饭店二层楼那个美少年的房门前蓦地站住了，前额靠在门框上，久久伫立在那儿舍不得离开，如醉如痴，也顾不上在这样疯疯癫癫的神态下自己有被撞见、被捕获的危险。

　　然而他有时也静下心来稍稍反省一下。他走的究竟是什么样的路？他惊愕地想。这究竟算是什么路！像每个有天赋的人那样，他对自己的家世是引以为荣的；一当他有什么成就，他就往往想起他的先辈，他立志要光宗耀祖，不辜负他们的殷切期望。即使此时此地，他还是想到他们。可是现在，他竟纠缠在这种不正当的生活经历中而不能自拔，让异乎寻常的激情主宰着自己。一想到他们光明磊落的品格和端庄的风度，他不禁黯然苦笑了一下。他们看见了会说什么呢？真的，当他们看到他的全部生活与他们大相径庭——这种生活简直是堕落——时，又会怎么说呢？对于这种被艺术束缚住手脚的生活，他本人年轻时也曾一度本着他的布尔乔亚先辈们的精神，发表过讽刺性的评论，但本质上，这种生活同先辈们过的又是多么相像！这种生活简直像服役，他就是其中一个士兵，一个战士，像其他某些同行那样。因为艺术是一场战斗，是一场心力交瘁的斗争；今天，人们对这场斗争往往没有多久就支持不住了。这是一种不断征服困难、不畏任何险阻的生活，是一种备尝艰辛、坚韧不拔而有节制的生活，他使这种生活成为超然的、合乎时代要求的英雄主义的象征。他委实可以称这种生活是凛然有丈夫气概的、英勇无比的生活。他不知道主宰着他的爱神是否由于某种原因，对这种生活特别有好感。爱神对最最勇敢的民族不是另眼相看吗？人们不是说正因为他们勇猛过人，他们的城市才繁荣起来吗？古时有许多战斗英雄听从了神的意志，甘心忍辱负重，而怀有其他目的的种种胆怯行为则受到谴责。卑躬屈膝、山盟海誓、苦苦追求、低声下气——这些都不会使求爱者蒙受耻辱，反而会赢得赞美。

这个痴心人就这样聊以自慰，设法维持自己的尊严。但同时他也经常注意着威尼斯城内见不得人的黑幕，很想穷根究底。外界的冒险活动和他内心的奇异经历汇合在一起，形成一股暗流，使他的激情滋长一种飘忽不定的狂妄希望。他在城里各家咖啡馆仔细翻阅德国报纸，一心一意想确切获悉疫病的进展情况，因为在饭店客厅的阅览桌上已好几天没有看到这种报纸了。报上一会儿承认，一会儿又否认。病人和死亡者的数目，说法不一：二十个，四十个，一百个，甚至更多。但隔天报上却把疫病发生的原因说成是国外传染过来的，得病的人寥寥无几，尽管还没有干脆否认。字里行间也作了一些警告，对外国当局这种危险的把戏提出抗议。总之，他没有获得确凿可靠的消息。

不过这位孤独的旅客自以为有特殊的权利分享这一秘密。他虽然离群独处，却常常向知情人提一些诱惑性的问题，后者对此事不得不保持缄默，不得不公然说谎。从这里，他找到了一种奇妙的乐趣。一天早膳时，他在大餐厅里找那位个子矮小、步履轻盈、身穿法国式上衣的经理答辩。当时经理先生已在就餐的人们中间问长问短，殷勤周旋。他也在阿申巴赫的桌子旁站下来寒暄。"为什么这些日子来，人们一直在威尼斯城里消毒？这到底是什么缘故？"客人用一种懒洋洋的、漫不经心的口气问。"这不过是警察局的例行公事罢了，"这个机灵鬼回答。"天气非常闷热，可能会发生什么危害居民健康的事儿。当局这个措施只是为了及时预防，算是尽了它的责任。""这倒要表扬警察局呢，"阿申巴赫顶着他回答。彼此再交谈几句天气方面的客套话后，经理就告辞了。

就在当天晚上晚餐以后，有一小队街头卖唱的艺人从威尼斯来到饭店的前花园演出。他们两男两女，站在一根吊弧光灯的铁柱下面，灯光把他们的脸照得白白的。他们面向大露台，露台上坐着这些避暑的来客，一面喝着咖啡和冷饮，一面欣赏他们表演的民间歌舞。饭店里的职工、招待员、开电梯的和办公的，都纷纷来到休息室的门廊边侧耳静听。俄国人一家一向热中于享受，这时在花园里摆出了藤椅，位置离艺人们较近；他们围坐成一个半圆形，喜形于色。一个围着头巾的老奴站在主人后面。

在这些江湖艺人手里，曼陀林、吉他、手风琴和一只吱吱嘎嘎发出颤音的小提琴奏得非常入调。器乐结束后继之以声乐；这时一位年纪较轻的女人引吭高歌，她和一个甜润润的假嗓子男高音配合，对唱着一支缠绵动人的情歌。但真正有才能的，却无疑是一个奏吉他的人，他同时也是乐队领队。他是一个男中音丑角，不大唱出声来，不过富有模仿才能，演起滑稽来劲头十足，颇有一手。他常常离开其他演员，手捧吉他跌跌撞撞地冲到露台上，傻里傻气地逗人，人们报以一阵阵的欢笑声。在花坛里的那些俄国人，领略了这许多富有南国风光的技艺，更其乐不可支。他们拍掌喝彩，鼓励他表演得更加泼辣些。

阿申巴赫靠近栏杆坐着，不时用一杯放在他前面的石榴汁汽水润湿着他的嘴唇，汽水在杯子里泛着红宝石般的闪光。他的每根神经贪婪地吸入了咿咿哟哟、不很高明的琴声和庸俗肉麻的曲调，因为情欲会削弱一个人的审美力，会促使他以松快的心情坦然接受那些在头脑清醒时准会付之一笑或不屑一顾的事物。那个小丑东蹦西跳，使阿申巴赫扭歪的脸上浮现出一丝呆滞的苦笑。他没精打采地坐在那里，可内心却为某事而全神贯注；因为离他六步远的地方，塔齐奥正斜倚在石栏杆上。

他站在那里，穿着一件晚餐时偶尔穿过的束腰带的白色紧身衣；好像天生而命中注定似的，他永远是那么风度翩翩，他的左臂下部搁在栏杆上，两腿交叉，右手靠着臀部；他只是用淡淡的好奇眼光瞅着这些江湖艺人，好像仅是为了礼貌才看着表演，脸上有一种似笑非笑的表情。他好几次直起身子，用双臂优美的动作松开皮带，将白衬衫往下拉，让胸口舒坦一下。有时，他也会掉头向左面偷望着那位爱慕他的人坐的地方，眼光有时躲躲闪闪，有时一扫而过，似乎要让他感到意外；这时阿申巴赫就有一种洋洋自得之感，同时也有些神魂颠倒，惊惶失措。阿申巴赫没有接触到他的眼光，因为这个误入歧途的人心中有鬼，迫使自己不敢正视。在露台的隐蔽处，端坐着那些照管塔齐奥的女人。如今事情已发展到这步田地，竟使他害怕自己这样是不是太露骨了，会不会被她们怀疑。不错，以前在海滩上、在饭店的休息室里以及圣马科广场上，他曾好几次注意到她们把塔齐奥从他身边唤走，想叫孩子远远离开他，当时他就像挨了一下闷棍似的。他感到自己受到莫大的侮辱，自尊心蒙受莫名其妙的伤害。他想反抗，但良心不允许他。

这时，这位奏吉他的开始自弹自唱地哼起一支独唱歌曲，这是目前在意大利全国风靡一时的流行小调，有好几段唱词。他唱的是整段歌词，唱得抑扬顿挫，委婉动人，伙计们则伴唱副歌。这人身材瘦削，面容憔悴，一顶破旧的毡帽在后脑上搭拉着，帽檐下面露出乱蓬蓬的红发。他站在沙砾地上跟同伴们离得远远的，一副大模大样的姿态；他拨动着琴弦，向露台上送出一支诙谐而逗人的曲调，由于鼓足了力气，额上青筋毕露。他不像是威尼斯人，倒有几分像那不勒斯的丑角，身上兼有男妓和伶人的味儿，下流粗鄙，大胆狂妄，但却颇有风趣。他唱的歌词十分无聊，但通过他脸上的种种表情和身体各部分的摆动，挤眉弄眼，惺惺作态，舌尖在嘴角上滴溜溜的滚转，似乎吐出了某种含糊不清的意义，听起来隐隐有些刺耳。他穿的是一套城市里流行的服装，从运动衫松开的领口里露出了瘦瘦的脖子，脖子上赫然呈现一个大大的喉结。他面色苍白，塌鼻子，从他没有胡子的脸上很难判断出他的年龄。他脸上布满了皱纹，丑相毕露，这是沉湎于酒色的痕迹；在两道红茸茸的眉毛中间，直挺挺地刻着两条纹路，有一股盛气凌人、睥睨一切的神态。然而真正能打动我们这位孤寂的旅客、从而深深引起他的注意力的，却是这位可疑的人物似乎也带来了某种可疑的气味。每当唱起副歌来时，这位歌手就手舞足蹈地装着怪样在四周兜了一圈，有时一直走到阿申巴赫座位的旁边，这时从他的衣服和身上，就有一股强烈的石炭酸气味散发出来，一直飘向露台。

诙谐小曲唱完以后，他就开始收钱。他先从俄国人那儿开始，他们给得很慷慨；然后他走上通向露台的踏步。刚才他在台下演出时是那么大胆泼辣，现在在露台上却显得温良谦恭。他猫着腰，鞠躬如仪地在一张张桌子间游来晃去，谄媚地笑着，露出一口坚实的牙齿，但他在眉毛间的两条皱纹依旧显得那么咄咄逼人。人们怀着好奇和稍带憎恶的眼光审视着这个收钱的怪人，用手指尖儿把钱币投入他的毡帽里，当心不让指头碰到帽子。哪怕演出很受人欢迎，只要这个丑角在体面的观众身边挨得过分近，就会形成一个尴尬的局面。他觉察到这一点，于是低声下气地请求原谅。他带着一股药水味走到阿申巴赫身边，这股味儿周围任何人似乎都不在意。

　　"听着！"那个孤独者压低了嗓门几乎是机械地说。"威尼斯城究竟为什么在消毒呢？"小丑粗声粗气地回答："这是警察局的主意嘛！先生，在这样大热天气，又有热风，不得不照章办事哪。热风闷得叫人透不过气来，它对健康是不利的……"他说话时的神气，似乎奇怪居然有人会提出这样的问题。他摊开了掌心，似乎表明热风多么逼人。"那么威尼斯就没有瘟疫了吗？"阿申巴赫轻轻地问，声音好像从牙缝里迸出似的。这时小丑那张肌肉发达的脸沉了下来，装出一副滑稽的、无可奈何的怪样。"瘟疫吗？什么样的瘟疫呢？难道热风是瘟疫吗？莫非我们的警察局是一种瘟疫？您真爱开玩笑！瘟疫？为什么要有瘟疫！这是预防性措施，您总该明白啰！警察局是为了天气闷热才采取这种措施的！"他一面说，一面做着手势。"好吧，"阿申巴赫又一次轻声而简短地说，把一块大得异乎寻常的金币投在他的帽里，然后向那个人眨了眨眼睛，示意叫他走开。他深深鞠了一躬，露齿笑着走了。但他还来不及走到台阶上时，两个饭店服务员就迎面向他扑去，贴着脸悄悄盘问他。他耸耸肩膀，似乎在赌咒，在再三保证自己没有说过什么话。这究竟是怎么一回事，人们看得清清楚楚。他们终于放开他，于是他又回到花园里；跟同伙们稍稍商量一会后，在弧光灯下又唱起一支谢幕的告别曲。

这支歌曲，阿申巴赫记不起过去在哪儿听到过，曲调粗犷奔放，唱词里用的是难懂的方言。后面是一首笑声格格的副歌，同伙们使劲地拉开嗓门和唱着。这段副歌既没有唱词，也不用伴奏，只是一片笑声，笑声富有节奏和韵味，但十分自然。特别是那位独唱歌手在这方面表演得很有才能，有声有色，颇为逼真。现在他离开听众的距离又很远了，他又变得威风凛凛；他一阵阵传向露台的矫揉造作、厚颜无耻的笑声，似乎变成嘲讽的笑声。每当他唱到一段歌词的最后一句时，他喉头似乎奇痒难当，不得不尽力把气屏住。他咽下一口气，他的声音颤抖着，用手捂住了嘴，耸耸肩膀——正好在这个时候，他忽然大叫一声，爆发出一阵放荡不羁的大笑。他笑得那么生龙活虎，以致在座的观众都多少受到感染，露台上也沉浸在一片自发的欢腾之中。这可使这位歌手更加兴高采烈。他弯弯膝盖，拍拍大腿，摸摸腰部：他准备发作一番。他不再笑了，而是大叫大喊，并用手指指着上面那些人，似乎再也没有比这些格格笑着的人们更为可笑的了。最后，花园里、游廊里的人全都大笑起来，连倚在门旁的侍者、电梯司机和仆役们也失声大笑。

阿申巴赫在椅子里再也呆不下去了。他直挺挺地坐着，仿佛想避开或溜走。但这一阵阵笑声、散发出的药水味和近在咫尺的美少年交织在一起，使他宛如置身于梦境而无法摆脱。他神思恍惚，动弹不得。在大家乱成一团的当儿，他壮起胆子向塔齐奥看了一眼。这时他注意到，这位美少年在回眸看他时眼光也是很严肃的，完全像他自己看别人时那样。四周人们的欢乐情绪对他似乎并无影响，他超然不为所动。在这个问题上，他居然能孩子般地顺从着他，彼此心心相印，这使这位头发花白的长者心头一阵松快，同时深为感动。他好容易控制住自己不用手去遮自己的脸。塔齐奥有时要鼓起胸来深呼吸一下，这在阿申巴赫看来似乎是胸口闷的表现，想借此透一口气。"他身体病恹恹的，可能活不长呢，"他又一次想。这时他是客观公正的。在这种情况下，他的痴狂和激情有时会那么奇怪地烟消云散。他满腔热情地关怀着他，同时却感到某种狂妄的满足。

这时威尼斯伶人演出结束，离开那里。一片鼓掌声伴送他们，他们的领队一面告别，一面还不遗余力地表演各种滑稽动作，以示点缀。他打躬作揖和吻手致意的姿态本来已引人发笑，现在更哄动了。当戏班子里其他人都已出去时，他又装腔作势地跑回来，斜靠在一根电线杆上，再曲着身子匍匐走到大门边，装做依依惜别的样子。到了那里，他忽地扔下了丑角的面具，一跃而起，昂然挺立，老着脸皮向听众们吐吐舌头，然后消失在夜色里。浴场里的宾客四散，塔齐奥也早已不倚在栏杆上了。但阿申巴赫还独自坐在那里，桌上放着一杯吃剩的石榴汁汽水，这使侍者们颇为诧异。时光流逝，夜色渐浓。许多年前，在他老家，有一只计时沙漏——而现在，他仿佛又站在它的前面，眼睁睁地望着这个老朽而怪有意思的小玩意儿。他似乎看见赭红色的沙子默默地、细细地一粒一粒从狭长的玻璃管川流不息地流过，这时在沙子渐渐减少的上部空腔里，就形成一个小而急的漩涡。

就在第二天下午，倔强的阿申巴赫在探索周围世界的奥秘方面又迈出了新的一步。这次他的成功是满有把握的了。他从圣马科广场走到开设在那里的英国旅行社里，在柜台上换了些钱后，俨然以一个猜疑多端的外国人的姿态，向办事员提出他这个非同小可的问题。办事员是一个穿花呢服的英国人，年纪还轻，头发在中间分开，有些斗鸡眼，模样儿老实而稳健可靠，和南欧人那种机灵浮夸的风度迥然不同。他开头时说："害怕是没有根据的，先生。只是例行公事罢了，没有了不起的意义。为了预防大热天和热风给健康带来有害的影响，人们是经常采取这种措施的……"他向上翻起蓝眼睛，正好同那个外国人困倦而有点儿忧郁的眼光相接触，外国人的眼睛正盯着他的嘴唇，带有几分轻蔑的神情。于是英国人的脸顿时红了。他压低了嗓门稍稍有些激动地继续说："不过这是官方的解释，他们认为坚持这种做法才是上策。我要跟您说一说，里面还有一些隐情呢。"于是他老老实实、无拘无束地道出了真相。

近几年来，印度霍乱已有向四方蔓延的严重倾向。疫病的发源地是恒河三角洲燠热的沼泽，病菌在杂物丛生而荒无人烟的原始森林和荒岛的一片恶臭环境中繁殖，在那儿密密茸茸的竹林里，只有老虎蹲伏着。瘟疫在整个印度斯坦流行，后来异常猖獗，向东传到中国，向西延至阿富汗和波斯；它沿着商队①所经的大路传播，威胁着阿斯特拉罕②，甚至莫斯科

---

① 指往返于沙漠地带的旅行商队，多在中东一带活动。
② 地名，在今俄罗斯境内。

也谈虎色变。但正当欧洲惊恐万状，深怕这个鬼怪会从那边涉足到欧洲大陆上时，它经过海面从叙利亚的商船偷偷地来了，在地中海几个港口同时出现；它在土伦①和马拉加②伸出头来，在巴勒莫和那不勒斯③好几次公开露面，而在卡拉布里亚和阿普利亚④却生根似的不肯离开。到现在，意大利半岛北部总算还没有波及。但今年五月中旬，威尼斯在同一天内竟发现两具尸体，一具是船夫的，骨瘦如柴，全身发黑；另一具则是蔬菜水果商店老板娘的，在他们身上都发现可怕的霍乱病菌。当局对这两个病例都秘而不宣。可是过了一星期后，生病的人就有十个、二十个、三十个，而且在城里各个地段都有发现。奥地利某省有一个人到威尼斯来玩上几天，回家后就带着这种确凿无疑的症候死去了，因此这种疾病侵袭水上城市⑤，是德文报纸首先报道的⑥。对此，威尼斯当局发表一篇声明作为答复，说城市居民的健康状况极其良好，现在正采取必要的措施加以防范。但食物方面——例如蔬菜、肉类或

---

① 法国地名。
② 西班牙地名。
③ 均为意大利地名。
④ 均为意大利地名。
⑤ 此处即指威尼斯。
⑥ 奥地利通用德语。

牛奶——可能已受到污染，因为哪怕你否认也好，隐瞒也好，死神还是吞噬着小巷角落里的一些生命，何况今年夏天又热得特别早。运河河水也有些发热，对传播疫病特别有利。是的，疫病的来势看来在变本加厉，病菌繁殖力也越来越快，越来越顽固。很少有人恢复。得病的人有百分之八十死去，死得很可怕，因为疫病传播得极其猖狂，同时所患的往往是最凶险的一种，人们叫它为"干式霍乱"。得这种病时，患者无法将他血管中大量分泌的水分排出。不上几小时，病人枯萎下去，全身抽搐，发出声嘶力竭的呻吟声，血液像黏滞滞的沥青一样，窒息着死去。如果疾病发作时，有人在稍感不适之后就昏迷过去——像有时发生的那样——而且不再苏醒或几乎醒不过来，那他就是幸运的了。六月初，市民医院的隔离病房里已没有空铺，两所孤儿院也人满为患，而墓园所在地的圣迈克岛和"新土"之间的交通也熙熙攘攘，拥挤不堪。可是威尼斯当局所着重考虑的，是害怕泄漏真情后会使各种利益受到损害，也顾虑到不久前公园里开幕的图画展览会会因此有所影响，同时，如果城市臭名四扬，人们慌作一团，旅馆、商店、各式各样为外国人服务的企业就会受到威胁，从而造成巨大损失；至于应当如何老实公开真情，遵守国际协定，那就不放在心上了。市民们这种心理，对当局的沉默与否认政策也是有力的支持。威尼斯卫生部门的长官是一个正直的人，他愤而辞职，暗地里由一个能随机应变的人接替。人们知道了这件事；上层的腐败，死神在城里到处游荡的那种令人惶惶不安的情绪，使下层社会出现某些道德败坏现象。躲在阴暗角落里反对社会的一帮子人于是壮起胆来：酗酒，干猥亵下流的勾当，犯罪的次数也增多了。晚上，人们反常地可以看到许多醉鬼，一些无赖在夜间街上闹得鸡犬不宁，盗窃案甚至凶杀案反复发生，因为有两起案子表明：有两个人名义上是瘟疫的牺牲者，实际上却是被亲人毒死的。职业性的犯罪在程度上和规模上都是空前的，只有在意大利南方的某些国家和东方国家中，过去才常有这种情况出现。

英国人从以上的事实得出这样的结论，他斩钉截铁地说："您最好今天就动身，不要再挨到明天了。封锁的日子看来不会超出几天的。""谢谢您，"阿申巴赫说着，就离开旅行社。

广场虽没有太阳，但酷热难当。蒙在鼓里的外国人坐在咖啡馆门前或站在白鸽成群的教堂前面，眼看着这些鸟儿鼓着翅膀一只只飞过来，竞相啄食他们手心中的一粒粒玉米。

孤独的阿申巴赫在气魄宏伟的广场的石板路上踱来踱去，内心异常激动。他因终于摸清事实的真相而兴奋不已，但同时嘴里却有一种苦涩的味儿，心里也怀着莫名其妙的恐惧。他考虑到一种既体面、又能免受良心责备的解决方式。今晚晚餐以后，他可以走到那位珠光宝气的贵妇人身边，用想好了的话一字一句地对她说："夫人，请您允许陌生人向您提出一个忠告，别人为了自身的利益是不肯向您启齿的。您马上带着塔齐奥和令媛们一起离开吧，威尼斯正闹着疫病呢。"然后他可以用手拍拍塔齐奥（这是善于嘲弄人的上帝的工具）的脑袋表示告别，转身逃离这个沼泽般的城市。不过他也知道，他还是远远不敢毅然采取这一步骤。这会使他走回头路，回复到原来的地位；但失去了理智的人是最不愿意控制自己的。他回想起那座铭刻着碑文的、在夕阳下闪耀着微光的白色建筑物，他曾在那里用心灵之眼苦苦探索这些文字的神秘含义；然后又想起在那里遨游的那个人物，是他激起了年事渐高的阿申巴赫青年时代那种想去远方和国外漫游的渴望。他也想到回家，想到如何使自己的头脑理智些，清醒些，再勤勤恳恳轰轰烈烈地干一番工作，但这些思想在他心里引起了极为强烈的反感，使他感到一阵恶心，脸上也显得七扭八歪。

"这事不该声张！"他狠狠地轻声对自己说。"我要保持缄默！"他洞悉了威尼斯的秘密，在它所犯下的罪行中也有自己的份儿。一想到这些，他就醉醺醺的，仿佛少量的酒已把他醉成了脑疲惫症。他头脑中浮现出威尼斯城疫疠横行后的一片荒凉景象，他心中也燃起了一种不可捉摸的、超越自己理智的荒诞而甜蜜的希望。他在一瞬间萌起的眷恋故国之情，怎能与他的这些希望相比呢？艺术和道德观念与一片混乱之下所得的好处相比，又算得什么呢？他保持缄默，而且仍旧留在这儿。

那天晚上，他做了一个可怕的梦——如果我们可以把梦看作是肉体上与精神上的一种经历；它虽然在沉睡时发生，自成一体，但对感官来说十分真切，但看不到自己亲身参与各种事件。梦的舞台似乎就是心灵本身，各种事件从外面闯入，猛烈地冲破了他心灵深处的防线，经过后又离开他，使他生活中的优雅文明之处受到蹂躏与破坏。

开始时他只觉得一阵恐惧，恐惧与欲望交织在一起，同时对未来怀着心战胆寒的好奇心。夜色深沉，他警觉地谛听着。他听到有一种骚动声和混杂的喧闹声自远而近。接着是一阵咯吱咯吱和轰隆轰隆的响声。天空的闷雷声滚滚而过，同时还听到一阵阵尖叫声和嚎哭声，"呜——呜"地发出袅袅的余音。但压倒一切的，却是一种凄婉而缠绵的笛声，悠扬的笛声放荡地阵阵奏出，令人有一种回肠荡气之感。他隐隐约约地听出一句话，称呼着即将降临的什么人物："异国的神啊！"一道霞光照亮了周围的雾气，他看出了这是跟他乡间别墅所在地周围一样的一块高地。在破雾而出的霞光中，从森林茂密的高原上，在一枝枝巨大的树干之间和长满青苔的岩石中间，一群人畜摇摇晃晃、跌跌冲冲，像旋风般地走来。这是一群声势汹汹的乌合之众，他们漫山遍野而来，手执通明的火炬，在一片喧腾中围成一圈，蹁跹乱舞。女人在腰带上悬着长长的毛皮，走起路来一颠一跛，哼哼唧唧，往后仰起脑袋，摇着铃鼓。她们挥动火星四射的火炬和出鞘的短剑，有的把一条条翻扬着舌头的蛇围在腰里，有的把双手搁在胸脯上大叫大喊。额上长角、腰部围有兽皮、浑身上下毛茸茸的男人，俯下头，举起胳膊和大腿，拚命打着锣鼓，发出震耳欲聋的响声。一群光油油的孩子，手提缀有花环的小棒，赶着山羊，身子紧抱住羊角，在一片欢跃的喧闹中让它们一跳一蹦地拖着走。这些人兴奋若狂，高声喊叫，但叫声里却有一种柔和的清音，拖着"呜——呜"的袅袅尾声。这声音是那么甜润，又是那么粗犷，他可从来没有听到过。它像牡鹿的鸣叫声那样在空中回荡，接着，狂欢的人群中就有许多声音跟着应和，他们在喊声下相互推挤奔逐，跳起舞来，两手两脚扭摆着，他们永远不让这种声音止息。但渗透着和支配着各种声音的，却依然是这深沉而悠扬的笛声。他怀着厌恶的心情目睹这番景象，同时还得不顾羞耻地呆呆等待他们的酒宴和盛大的献祭。对于此时此地的他，这种笛声也不是很有诱惑力么？他惊恐万状，对自己信奉的上帝怀着一片至诚之心，要竭力卫护它，而对异端则深恶痛绝：它对人类的自制力和尊严是水火不相容的。但喧闹声和咆哮声震撼着山岳，使它们发出一阵阵的回响。这声音越来越大，越来越近，几乎达到令人着魔的疯狂程度。尘雾使他透不过气来——山羊腥臭的气味，人们喘着气的一股味儿，还有一潭死水散发出的浊气，再加上他所熟悉的一种气味：那就是创伤和流行病的气味。他的心随着击鼓声而颤动，头脑里感到一阵昏眩。他怒气冲冲，昏乱不知所措，恨不得去参加他们祭神的环舞。他们所供奉的神像巨大而十分可憎，用木材雕成。在揭下神像的面罩高高拱起时，他们狂放地呐喊起来。这些人口角淌着白沫，用粗野的姿态和淫猥的手势相互逗引，时而大笑，时而呻吟；后来又用带刺的棒相互戳入对方的皮肉，舔着肢体里的血。可是现在，做梦的人也参加了他们的队伍，变成其中的一分子；他也信奉起野蛮神来了。不错，扑在牲畜身上扯皮噬肉、狼吞虎咽的，正是他自己！此刻，在践踏过的一片青苔地上，男男女女狂乱的杂交开始了，这也算是一种献神仪式。体验到这种放荡淫乱的生活，他只觉得自己的灵魂在堕落。

　　这个不幸的人从梦中醒来时，精神倦怠，神思恍惚，像落在魔鬼的掌握中而无力挣脱似的。他不再避人耳目，也不管自己是否受人怀疑。但人们还是纷纷逃离，海滩上许多浴房都空了出来，餐厅里也剩下了许多座位，城里几乎看不到一个外国人。事实的真相看来已经泄露。尽管有关方面相互配合作出种种努力，恐慌情绪再也无法控制。不过这位珠光宝气的妇人和她的家人仍旧留着，这也许是因为谣言尚未传到她的耳边，也许是因为她太高傲无畏，不屑理会。塔齐奥还住在这儿。有时在着魔的阿申巴赫看来，逃离或死亡会带走周围每一个活生生的人，到头来岛上只剩下他自己和这个美少年。在海边的每一个早晨，他总要用沉滞的、漫不经心的目光凝视着他所追求的人；傍晚，他总是不知腼腆地在死神出没的大街小巷里尾随着他。这样，他把荒诞不经的事看作大有可为，而一切礼仪习俗也就抛之脑后了。

　　像任何求爱的人一样，他一心想博取对方的欢心，惟恐不能达到目的。他努力在衣服穿着的细微末节上变换花样，好让自己焕发出青春。他戴宝石，洒香水，每天好几次在梳洗打扮方面大用功夫，然后盛装艳服，怀着兴奋而紧张的心情坐到桌旁就餐。在把他迷住的这个翩翩美少年面前，他为自己的衰老而厌恨；看到自己花白的头发和尖削的面容，他不免自惭形秽。这就促使他千方百计打扮自己，使自己恢复青春。他常去饭店的理发室。

　　他披着理发围巾，靠在椅上，让喋喋不休的理发师修剪着，梳理着。他用惆怅的眼光端详着自己镜子里的面容。

　　"头发花白了，"他歪着嘴说。

　　"只有一点儿，"理发师搭着腔。"这是懒得打扮的缘故，所谓不修边幅就是。有地位的人难免是这样的。不过这副模样儿到底一点也不值得赞扬，特别是这些人对世俗的偏见是满不在乎的。某些人对化妆艺术有成见，如果有人在牙齿方面也装饰一番，他们就摇头表示不满。按理说，牙齿上也应当用一番功夫。归根到底，一个人老还是不老，要看他的精神与心理状态如何。头发花白准会给人们造成一个假象，而染发以后就会好一些，哪怕人们瞧不起染发。像您那种情况，先生，您是完全有权利使您的头发恢复本色的。您一定能允许我为您恢复本来面目吧？"

"用什么方法呢？"阿申巴赫问。

于是这位健谈的理发师用两种水洗起主顾的头发来，一种颜色深些，一种淡些。霎时间，他的发色变得像青年时代一样乌黑。他把他的头发用烫钳卷成一道道的波纹，然后退后一步，仔细审察经过他精心整修的头发。

"现在只要再做一件事，"理发师说，"那就是把您脸上的皮肤稍稍修饰一番。"

像每个劳碌不停、永不知足的人那样，他兴致勃勃地一会儿忙这个，一会儿又忙那个。阿申巴赫舒舒服服地靠在椅上，对理发师所干的事无法拒绝，相反地，他兴奋地抱着满腔希望。从镜子里，他眼看着自己的眉毛弯得更加均匀分明，他的眼梢变得长些了；在眼睑下稍稍画了一下后，他的眼睛更加炯炯有神。他再看看下面：原来皮肤是棕色的、粗糙的，现在可变嫩了，泛上一片鲜艳的洋红色。他的嘴唇，在一分钟前还没有血色，现在可丰满了，像草莓的颜色那样；在涂上雪花膏和肤色恢复青春以后，面颊上、嘴角边及眼圈旁的皱纹一一消失。当他看到镜子里映出一个年轻的身影时，心头不禁怦怦乱跳。最后，化妆师认为一切都很称心如意，于是他谦卑而有礼貌地感谢他的主顾，这种谦恭态度是干这行工作的人所特有的。"这只是能为您效劳的起码事儿，"他在为阿申巴赫作最后一次整容时说。"现在，您先生可以随心所欲地谈情说爱了。"阿申巴赫像高高兴兴做了一场梦，恍恍惚惚、战战兢兢地走了。他系的是红领带，戴的是一顶绕彩色丝带的宽边草帽。

这时刮起了一阵凉里透热的狂风，稀稀落落地下起雨来。但空气依然闷而潮湿，洋溢着腐臭的气味。阿申巴赫涂着脂粉的脸热得发烫，耳际只听到一片淅淅瑟瑟、哗啦哗啦的响声，仿佛凶恶的风神正在大地纵横驰骋。海洋的鸟身女妖正在追踪那些注定要毁灭的人，啄去并污染了他们的食物，剩下的只是一些残屑。溽暑使他食欲不振，他只是一味设想着他吃的东西可能带有传染病的毒质。

一天下午，阿申巴赫追踪着美少年一直到闹着疫病的曲折迷离的市中心。迷宫般的街巷、水道、小桥和空地彼此都很相似，他不知自己究竟在什么地方，也辨不出东南西北的方位。他一心关注着的，只是他苦苦追求的偶像不要从视线中消失才好。为稳妥小心起见，他一会儿蹲在墙脚，一会儿躲在行人背后作掩护。由于他的身心长时期处于紧张与激动不安的状态，他的力气差不多耗尽了，可是自己却一直没有感觉到。塔齐奥跟在家人后面，他通常让女教师和修女般的姐姐们在小巷前面走；由于走在最后只是他单独一个人，有时他回过头来用奇特而蒙眬的眼光看看追恋他的人是否确实跟在后面。他看到了他，但只是心照不宣。他心领神会，欣喜若狂。陷入热恋中的阿申巴赫在这一对眼睛勾引下，在一股盲目的热情冲动下，一种非分的希冀潜入他的心头——终于他发现自己的视线搞浑了，弄糊涂了。这时波兰人一家已跨过一座拱形小桥，拱顶遮住了他的视线，当他走到桥上时，他已见不到他们。他从三个方向寻找，一路往前，还有两路是朝又小又脏的码头两边方向，结果一场空。他精疲力竭，最后不得不放弃找寻的打算。

　　他头脑里热烘烘的，身上黏滞滞的冒着汗，脖子瑟瑟地抖着，感到口渴难忍。他看看四周有没有什么清凉的饮料可以解渴。在一家小的蔬菜店里，他买了一些又熟又软的草莓，一面吃一面走。迎着他的是一片人迹罕至的小小空地，景色十分动人。他认识这块地方，几星期前他曾来过这儿，作过逃离威尼斯的打算，可惜结果没有实现。他在空地中间一个小池的石阶上颓然坐下，脑袋靠在石阶的边缘上。这里很静。在铺砌石块的路面上，杂草丛生，周围堆满了垃圾。空地周围有好几座败落而不整齐的高房子，其中一幢是宫殿式的，拱形的窗子上没有玻璃，小小的阳台雕琢着狮子。另一幢屋子的底层是一家药房。一阵阵的热风，不时送来了石炭酸的气味。

现在坐在那里的，就是他，这位在文学界享有崇高威望的大师。正是他才写了《不幸的人》那样的作品；正是他以晶莹明澈的文体，摈弃了那种吉卜赛式浮夸的风格和晦涩暧昧的描写；正是他，使世人对陷入深渊中的苦难人们寄予同情，而对堕落的灵魂加以谴责。是他跨越了知识的壁垒，攀登到智慧的高峰；是他傲然无视于世人的冷讽热嘲，终于博得了群众的信赖。他的声誉已由官方公认，他的名字已加上了贵族的头衔，他的文章已作为孩子们的范本。如今他却坐在那边出神。他紧闭着眼皮，只是偶尔斜着眼睛往下偷偷地扫视几下，眼光里显出讥讽和困惑的神色。他本来是松垂的、化妆后嘴角稍稍翘起的嘴唇，喃喃地发出一些断断续续的声音，好像一个睡梦未醒的人从头脑里幻想出一番什么古怪的逻辑似的。

"菲德拉斯，你要注意，美，也只有美，才是神圣的，同时也是见得到的。因此，我的小菲德拉斯啊，美是通过感觉的途径，通过艺术家的途径使人获得灵性的。可是亲爱的，你现在是否相信有一个凭感觉而获得灵性的人居然能获得智慧，同时干出一番宏伟的事业来呢，或者你倒认为（这留待你去抉择吧），这是一条纵然甜蜜但却是冒险之路，或者确实是一条错误与罪恶之路，必然会把人们引入歧途？因为你得知道，如果没有爱神作为我们的伴侣和先导，我们诗人是无法通过美的道路的。尽管我们可以成为按照自己的方式活动的英雄，成为有纪律的战士，但我们却像女人一样，因我们以激情为乐，爱情始终是我们的欲念——这是我们的乐趣，也是我们的羞辱。现在你难道还不能看出，我们诗人既没有智慧，也没有身价吗？我们不得不在错误的路上走，不得不放纵些，不得不在情感的领域里冒各式各样的风险。我们的文章写得道貌岸然，神灵活现，其实都是虚妄与胡扯。我们的名誉和地位都不过是一幕趣剧，大众对我们的信仰也极其可笑，因此，用艺术来教育人民和青年是危险的事，应当禁止。既然艺术家一生下来就无可救药地注定要掉人这个深渊，那么他又有什么资格为人师表呢？我们不愿落入这个深渊，而希望获得荣誉；但无论我们转向哪里，它还是吸引着我们。所以我们还是把害人的知识抛弃吧，因为菲德拉斯，知识是谈不上什么尊严的，它只是叫人通晓，理解，原谅，它没有立场，也没有形式。它对人们所陷入的深渊寄予同情，但它本身就是深渊。因此我们毅然决然地扬弃它，今后我们就一心致力于美吧。美意味着纯朴、伟大、严谨、超脱及秀丽的外形。但菲德拉斯啊，秀丽的外形和超脱会使人沉醉，并唤起人的情欲，同时还可能使高贵的人陷入可怕的情感狂澜里，这样，他就抛弃了自己固有的美的严谨，把它看成是不光彩的了。它们也同样会把人引向深渊。我得说，它们会把作为诗人的我们引到那边去，因为我们要使自己奋发向上是一件难事，而纵欲无度却是容易的。现在我要走了，菲德拉斯，你留在这儿吧。只有当你不再见到我时，你才可以离开。"

以后几天，古斯塔夫·冯·阿申巴赫每天早晨离浴场饭店的时间比平时迟些，因为他感到不舒服。他不得不同一阵阵的头晕——其实只有一半才是身体上的原因——作斗争，同时越来越显得惊惶不安，有一种走投无路、灰心绝望之感。但这是由于外界环境还是自己的生活引起的呢，他并不清楚。在休息室里，他看到一大堆整装待发的行李，他问门房动身的是谁，对方回答时就说出波兰贵族的姓名。这也是他暗中料到的。他听到这个消息后，憔悴的面容并不改色，只是略略仰起了头，像是随口打听一下而丝毫不想知道底细似的。接着他又问了一句："什么时候走呢？""午饭后，"门房回答他。他点了点头，走向海边。

海边已没有什么人了。在海岸与第一片沙滩之间辽阔的浅水上，微波荡漾。一度曾是闹盈盈、热腾腾的这块海滨胜地，现在却显得满目凄凉，无人问津。沙滩也不再打点得那么清洁了。一副照相机三脚架在海边撑着，看来已被人遗弃，照相机上的一块黑布，在凉风中扑扑地飘动着。

这时，塔齐奥跟三四个依旧呆在一起游戏的伙伴在他小屋前右边活动起来。阿申巴赫的卧椅放在海水与海滩上一排小屋之间的地方，他再一次坐下来看着他，膝上盖着一条毯子。这回，女人似乎都在忙着整理行李，他们游戏时没人看管，因此玩得很放肆。那个身体结实、名叫"亚斯胡"的小伙子，穿着一件围腰带的紧身衣，黑黑的头发上亮光光地搽过油：他忽然觉得有一把沙子掷到他的脸上，连眼睛也睁不开，一怒之下，就逼着塔齐奥跟他搏斗，结果，身体较弱的美少年很快倒了下去。但在这个临别的时刻，地位低下的亚斯胡不像以前那么屈就了，一下子变得冷酷无情，想为自己长时间来低声下气的处境报复一下。这位胜利者不但紧紧揪住败阵的塔齐奥不放，而且骑在他的背上不住拿他的脸往沙土上揿，以致塔齐奥连气也喘不过来，差点儿有窒息的危险。塔齐奥断断续续地作些努力想挣脱这块大石头，但不一会又停止了，过后又挣扎起来，不过这只是一阵抽搐而已。惊恐万状的阿申巴赫正要跳起来去救他，那个身长力大的家伙终于把他放了。塔齐奥脸色惨白，半弯起身来，撑着一条臂膀坐着，他的头发乱蓬蓬的，眼睛闪着阴郁的光芒。这样一动不动地过了几分钟后，他终于直起身子，慢慢地走开。家人在叫他，开始时喊声轻快温和，后来调门上就转为焦灼和恳求，但他置之不理。这时，那个黑脸的男孩子似乎很快对自己的越轨行为感到悔恨，赶上他想跟他和解，但他耸耸肩膀支开他。塔齐奥从斜角方向走下水去。他赤着脚，穿着一件有红色胸结的亚麻布条纹衫。

他在水边呆上一会，低垂着头，用一只足趾尖在湿漉漉的沙滩上画些什么画儿，然后走到浅水里，浅水处最深的地方还不能沾湿他的膝盖。他涉过浅水懒洋洋地向前跨步，最后走到沙滩上。他在那里暂停片刻，脸蛋儿朝向浩瀚的大海，接着在海水退潮时露出的一片狭长的沙滩上向左面慢慢地走着。他在那边徘徊；那儿，有一大片水跟陆地远远隔开，孤高的情绪使他离群独立。他像一个与尘世隔绝的游魂，一缕缕的头发迎风飘舞，前面展现一片茫茫的大海和烟雾迷蒙的空间。他又一次停下来眺望。忽然，不知是忆起了什么事还是心血来潮，他扭动上身，一只手搁在臀部，全身作一个美妙的转动姿势，回过头来把目光投向海岸。阿申巴赫坐在那边看他，正像他过去在休息室门槛边第一次遇到他灰暗蒙眬的目光时那样。他的头靠在椅背上，头部随着那个在海阔天空里漫步的孩子慢慢摆动。接着他仰起了头，似乎回答塔齐奥的凝视，然后低垂到胸部，眼睛朝下望，脸上显出一种软弱无力的、沉思的、昏昏欲睡的表情。在他看来，主宰他精神世界的那个苍白而可爱的游魂似乎在对他微笑，对他眨眼；这时，那个孩子的手似乎已不再托住臀部，而是往前方伸出，插翅在充满了希望的神秘莫测的太空中翱翔。他呢，他也像往常那样，跟着他神游。

过了几分钟后，人们才急急忙忙去救援那个一动不动斜躺在椅子上的人。他们把他送到房间里。就在当天，上流社会震惊地获悉了他去世的消息。

（钱鸿嘉　译）

特里斯坦 *

＊ "特里斯坦与伊索尔德"是中古时期传说，后为德国音乐家改编成歌剧。根据歌剧，科恩瓦尔国王派侄子特里斯坦，赴爱尔兰接国王未婚妻伊索尔德。两人在归途中逐渐相爱，但归国后，伊索尔德仍被迫嫁给国王。某夜，特里斯坦偷偷入宫，与伊索尔德相会。两人第一次有机会独自在一起，便相互倾诉爱慕之情。不料为奸人告发，特里斯坦受害，伊索尔德知悉后，也毅然自尽。

这儿就是"爱茵弗里德"疗养院！它的亘长的大厦和两侧的建筑，矗立在广阔的园子中央，颜色洁白，线条笔直。园子里，精致地布设着假山洞、林阴小径和树皮搭成的小亭。在石板瓦屋顶后面，蜿蜒着高大的山峦，直耸入云，山上一片绿色的枞树林。

仍旧是列昂德医生主持这所疗养院。他蓄着下端两头尖的黑须，又僵硬又鬈曲，就像填塞家具用的马鬃；还戴着闪闪发光的厚眼镜，那副神气俨然科学已使他冷却、硬化，并给他灌注了沉静、开明的悲观主义。就依凭这些，他严峻冷酷、沉默寡言地管理着他的病人，而那些人呢，大都优柔寡断，既不能为自己制定一套规章制度，又不能自动遵守，便干脆让他作主，乐得去依赖他的严格管束。

至于冯·奥斯特罗小姐呢，她孜孜不倦地献身于疗养院的总务工作。天啊，她多么忙碌，顺着楼梯跑上跑下，从疗养院的这一头奔到那一头！她统治着厨房和储藏室，在收藏浣洗衣物的橱里钻来钻去，指挥仆役，从经济、卫生、美观、可口的角度，安排全院的膳食，尽量做到皆大欢喜。她做事又快又周到，在那极度的精明能干中，蕴藏着对整个男性世界的经常谴责，要知道在那个世界里还没有人想到要娶她回家哩。但在她的面颊上，在两朵圆圆的朱红彩云中，燃烧着不可磨灭的希望，终有一日会成为列昂德医生夫人……

臭氧和安宁幽静的空气！……不管列昂德医生的竞争者和妒忌他的人怎么说，"爱茵弗里德"是值得向肺病患者热诚推荐的。但不仅是肺结核病患者，其他各种病人也上这儿来，男女老少都有；列昂德医生在各种疾病的领域中都显示出成绩。这儿有害胃病的，例如市参议员史巴兹夫人，她外加耳朵还有毛病；还有害心脏病的老爷太太们，和中风的、害风湿病的，以及神经有各式各样毛病的人。有一位害糖尿病的将军，在这儿消耗他的退休金，老是怨个不停。有几位先生，脸上瘦得皮包骨头，两条腿不听指挥地晃来晃去，显然不是什么好兆。还有一位五十岁的太太，郝伦劳赫牧师的妻子。她养了十九个孩子，完全失去思维的能力，但仍得不到安宁。一年以来，她在一种癫痴的烦躁驱使下，倚着她私人看护的胳膊，瞪着眼睛，哑口无言，阴森森而漫无目标地在整幢屋子里窜来窜去。

在"重病号"当中，偶尔有人死去。这些人睡在自己的房间里，从不出来吃饭，也不在客厅里露面。他们死去时，没有人知道，连隔壁屋里的人也一无所知。在寂静的深夜里，直挺挺的客人被打发出去，而"爱茵弗里德"的活动却毫无阻碍地继续进行：在装置着现代设备的各个诊疗室里，进行着按摩、电疗、注射、淋浴、盆浴、体操、发汗和气功等治疗……

是的，这儿可真热闹。疗养院正欣欣向荣哩。新客人来的时候，侧屋入口处的门房便敲响大钟。有人离去时，列昂德医生就和冯·奥斯特罗小姐一起，郑重其事地陪送上车。什么样人物"爱茵弗里德"没有接待过呢！这儿甚至有一位作家。他是个乖僻的家伙，叫一个什么矿物或者宝石的名字，也在这里浪费光阴……

此外，除了列昂德医生，还有另一个医师，负责轻微或者业已绝望的病号。不过他姓缪勒[①]，并不值得一提。

[①] 缪勒(Müller)，原意是磨坊主。

一月初，批发商科勒特扬——阿·茜·科勒特扬公司的老板——把他的夫人带到"爱茵弗里德"来了。门房敲响了钟，冯·奥斯特罗小姐在底层的会客室里接待从远方来的贵宾。这间会客室里的布置，几乎和整幢豪华的古老建筑物一样，也是道地的拿破仑帝国时代的式样。列昂德医生跟着就出现，并鞠了个躬，随即开始了初次交换双方情况的谈话。

窗外的花园是一片冬日景象，花坛上铺着草席，山洞埋在雪里，小亭显得孤单。两个仆役，正把新客人的箱子从马车上搬进来；马车停在铁栅门外公路上，没有一条直达屋前的支路。

当科勒特扬先生带领他妻子经过花园时，他曾说："慢点，迦伯列勒；take care①，我的天使，把嘴闭上。"大凡见过她的人，都不能不怀着温存和激动的心情，对这声"take care"从心底发出共鸣。——其实，要是科勒特扬先生干脆用德语说这两个字，也不见得就会拗口些。

从车站送贵宾来疗养院的马车夫，是个无知的粗汉，不懂什么温存，可是当批发商搀他妻子下车时，他竟提心吊胆

---

① 英语：当心。

起来，不由自主地把舌头伸到牙缝当中。是呀，看起来好像连两匹在宁静的严寒中冒着水汽的棕色马儿，也直朝后面翻眼睛，紧张地注视着这令人不安的场面，对如此脆弱的娇媚和优柔的丽质充满关怀。

这位少妇患的是支气管的毛病，关于这点，科勒特扬先生从波罗的海海滨写给"爱茵弗里德"主治医师的报到信里说得明明白白。感谢上帝，毛病不在肺里！不过，如果毛病果真在肺里的话，那么这位新病人的模样，看起来也不可能比现在更加妩媚和高贵，更加远离尘世和超凡脱俗了。她坐在健壮的丈夫身旁，娇弱疲惫地靠在直线条的白漆安乐椅上，倾听着谈话。

她美丽、苍白的手，轻放在膝上一件深色厚布裙的褶裥里，除了一只朴素的结婚戒指外，没有戴什么别的首饰。她穿一件硬高领的银灰色贴身小腰的上衣，上面镶满着凸起的阿拉伯式天鹅绒花纹。可是厚实温暖的衣服，只有使那说不出的娇柔、甜蜜和慵倦的脸蛋儿，显得更加迷人、神秘和可爱。淡褐色的头发，平平地梳向脑后，打成一个结儿，直垂到颈下；只是靠近右边的太阳穴，才有一绺松开的鬈发吊在额上。离这儿不远，在描画得显明的眉弯上面，有一根出奇的小血

管，呈淡蓝色，带几分病态，在明净无疵、仿佛透明的前额上
岔开。眼睛上的这根蓝色小血管，令人不安地控制着整个纤
巧的椭圆形面孔。只要夫人开口说话，甚至只要笑一笑，它就
明显地隆起，给脸部带来一些紧张、甚至郁闷的表情，使人感
到一种不可名状的担忧。但她还是在说笑。说起话来，坦率亲
切，声音略有点喑哑；用眼睛微笑，眼神显得有点疲乏，有时
还会变得黯淡，纤细的鼻根两旁的眼角，笼罩在深浓的阴影
里。她也用嘴笑，阔阔的美丽嘴巴是没有血色的，但好像发出
光彩来，那大概是因为嘴唇的轮廓格外鲜明和清晰的缘故。
她间或轻轻咳几声，用手绢揩揩嘴，然后看看手绢。

"别咳，迦伯列勒，"科勒特扬先生说。"你知道，
darling①，在家里的时候，辛兹彼得大夫特别嘱咐你不要咳。
只要克制一下就行了，我的天使。就像我所说的那样，毛病在
气管，"他重复道。"开始发作的时候，我当真以为是肺病，
天知道，我多么害怕。但并不是肺病，不是的！见鬼，我们才
不会让肺病缠上呢，是吧，迦伯列勒？啊，啊！"

"当然不会。"列昂德医生说，眼镜朝她闪了闪。

---

① 英语：亲爱的。

接着，科勒特扬先生叫了咖啡，——咖啡和奶油面包卷。他的Ｋ音是从喉咙深处发出的，奶油面包卷也读得很特别，别人听了不免要嘴馋。

他叫的东西端了上来，他和妻子的房间也分配好了，便安顿下来。

附带地说，列昂德医生亲自负责治疗，没有要缪勒医生过问病情。

新来女病人的神采轰动了整个"爱茵弗里德"。科勒特扬先生对这种现象早已司空见惯，得意洋洋地接受人们对他妻子的赞美和奉承。害糖尿病的将军第一次瞧见她时，居然在片刻间停止发牢骚；脸上瘦得只有皮包骨头的绅士走到她跟前时，便露出微笑，拚命克制自己的两条腿；市参议员史巴兹夫人立刻跟她亲昵起来，做她年长的朋友。啊，这位以科勒特扬先生的姓为头衔的女人，的确给了人们一个深刻的印象！有位在"爱茵弗里德"消磨了好几个礼拜的作家，是个性情乖僻的家伙，名字听起来就像什么宝石似的；当她在走廊里经过他身旁时，他飞红了两颊，停了下来，直到早已看不见她了，还像生根似的站着不动。

两天还没过去，全疗养院的人都已知悉了她的身世。她是不来梅人；这也可以从她说话时的某些可爱的土音中听出来。
两年前，就在不来梅这个地方，她把终身交托给批发商科勒特
扬先生。她跟随他到他在波罗的海海滨的故乡，在离现在大约
十个月以前，在极端困难和危险的情况下，为他生了一个孩
子，一个惊人地活泼和发育良好的儿子和继承人。但自从那些
可怕的日子以来，她始终就没有恢复她的精力——如果她曾有
过精力的话。她精疲力竭，刚从产床上起来，便咳出一点
血——唔，并不多，只是无关紧要的一点点血；可是，倘若根
本没发现血，就更好了。令人不安的是，这桩不祥的小事故，
不久以后又重新发生了。对付它自然有办法，家庭医生辛兹彼
得大夫，就采用了一些办法。他嘱咐病人要好好休息，吞食小
冰块，用吗啡抑制咳嗽的刺激，尽可能使心脏平静。但病始终
不能痊愈，就在小安东·科勒特扬这个出众的婴儿，用巨大的
精力无情地占据和巩固他在生活中的地位时，年轻的母亲却似
乎在柔和、宁静的火光中熄灭下去……就像前面所说的，毛病
出在气管——这个字眼儿，从辛兹彼得大夫嘴里说出来，对大
家都产生了惊人的慰藉、安心，差不多有鼓舞的效果。但尽管
毛病不在肺里，医生终于表示，比较温和的气候，加上在疗养
院里住一个时期，对加速痊愈的过程是迫切需要的。"爱茵弗

里德"疗养院和它主持人的声誉，解决了余下的问题。

情况就是这样，科勒特扬先生亲口把这些事讲给每一个表示有兴趣的人听。他大声地、懒洋洋地、愉快地讲，俨然是一位消化系统同他钱袋的状况一样良好的绅士。他的嘴唇张得很开，就像北方海边上的人那样，语调拖得既长又急促。有些字给他吐出来，每个音节都好比是一次小小的爆炸，这使他自己发笑，仿佛讲了什么好玩的笑话。

他中等身材，阔肩，健壮，短腿，圆滚滚的红脸，海蓝色的眼睛，上面蓬着金黄的睫毛，宽大的鼻孔，湿漉漉的嘴唇。他蓄着英国式的颊须，一身都是英国式的打扮；当他在"爱茵弗里德"遇到一家英国人时，便喜出望外。这家英国人，包括父亲、母亲、三个漂亮的孩子和孩子的保姆，在这儿逗留，仅仅是因为他们不知道还有什么别的地方好去。科勒特扬先生早上总跟他们一起吃英国式早餐。他这人就爱吃喝，既要多又要好，显示出自己是个道地的烹饪和酒窖的鉴赏家，津津有味地向疗养的人们描述在家乡朋友们所举行的宴会，介绍这儿无人知道的山珍海味。说话的时候，眯起眼睛，露出亲昵的表情，声音里夹杂着上腭和鼻腔的音调，喉咙里伴随着轻微的啧啧声。至于对世上别的一些乐趣，他原则上也并不抱有反感，这点有一天晚上得到证明。有一位在"爱茵弗里德"疗养的病人，职业是作家，曾看见他在走廊上相当放肆地同一位侍女调笑。这诚然是桩小事情，开开玩笑而已，那位作家却露出一副可笑的令人厌恶的表情。

至于科勒特扬夫人呢，显而易见她是钟情于她的丈夫的。她含着微笑，倾听他的谈话，注视他的举动：不是像有些病人那样，对健康人抱着高傲的宽容态度，而是像心地温良的患者，对一身舒泰的人在生活上充满自信的表现，感到亲善的愉悦和同情。

科勒特扬先生在"爱茵弗里德"没有逗留多久。他是带妻子上这儿来的；过了一个星期，他眼看她已受到很好的照顾，并且在可靠的人手中，就不肯呆下去了。同等重要的职责——他的欣欣向荣的孩子和同样欣欣向荣的事业——召唤他归去，迫使他启程，留下妻子享受最好的治疗。

那位作家叫史平奈尔①，在"爱茵弗里德"已住了好几个礼拜，他的全名是德特雷夫·史平奈尔。他有着一副奇特的

_____

① 史平奈尔(Spinell)，原意是尖晶石。

仪表。

我们设想一个长着深褐色头发的男子吧，他三十岁刚出头，身材魁梧，太阳穴上的头发已明显地开始花白，但那圆圆的、略有点浮肿的苍白面孔上，却连胡须的痕迹也没有。不是脸刮光了——这可以看得出来，而是像孩童一般柔嫩、细软，只不过这里那里长一两根茸毛罢了，看上去古怪得很。他的眼睛明亮，呈小鹿似的淡褐色，眼光里流露出温和的表情；鼻子粗短，略嫌臃肿。此外，史平奈尔先生还长着一个拱形多毛孔的罗马式上唇，蛀掉了的大牙齿，和一双大得出奇的脚板。有个两腿不听指挥的绅士，说话俏皮，喜欢嘲讽，在背后给他取了个绰号，叫他"败坏的婴儿"；这句话说得有些恶毒，不一定恰当。——他的衣着考究、时髦，长长的黑上装，杂色花点的背心。

他为人孤僻，跟任何人都不交往。只是偶然之间会突然激动起来，便对人和蔼可亲、热情洋溢。这每每发生在史平奈尔先生受到"美"的感染的时候；他偶尔看到什么美的景象，调和的色彩，奇丽的花瓶，夕阳回照下的一脉山峦，便情不自禁地赞叹起来，说一声："多美呀！"一面说，一面把头歪向一边，耸起肩膀，摊开双手，皱缩鼻子和嘴唇。"天哪，您瞧，多美呀！"在这激动的一刹那，他甚至可能冲动地去拥抱最显贵的人士，不管是男的还是女的……

他的桌上，总放着自己写的那本书，每个走进他房间的人一眼就可以瞧见。那是部篇幅有限的小说，封面上画着一张使人莫名其妙的图画，印书的纸颇似滤咖啡的纸头，每个字母看上去像个哥特式的大教堂。冯·奥斯特罗小姐有次在空闲的时候曾读过这部小说，发觉它很"高雅"，这是她代替"沉闷得不近人情"的一种迂回的说法。故事发生在时髦的客厅里，豪华的闺房中；那里尽是些精致的东西，五彩的壁毯，古色古香的家具，贵重的瓷器，无价的针织品，和各种各样的古玩摆设。他以最珍爱的心情描绘这些物件，阅读的时候仿佛老是会看到史平奈尔先生皱起鼻子喊："多美呀！天哪，您瞧，多美呀！……"附带说一下，令人诧异的是，除了这本书以外，他还没有写出第二本来，虽然显而易见，他热衷于写作。他一天大部分时间都关在屋里写东西，寄出去许多信件，几乎每天都有一两封——奇怪和有趣的是，他自己却难得收到一封信……

吃饭时史平奈尔先生坐在科勒特扬夫人的贴对面。当这一对新客人第一次到侧屋底层的大餐厅里吃饭时，史平奈尔先生来得稍微迟了一些。他用柔和的声调向大家打了个招呼，坐在自己的位子上。列昂德医生不太客气地把他介绍给新来的客人。他鞠了一躬，便开始吃饭，显然有点窘；一双长得很好看的又白又大的手，从紧窄的袖管里伸出来，挥动着刀叉，动作颇不自然。吃好以后，便沉静地轮流端详科勒特扬先生和他的妻子。用膳当中，科勒特扬先生曾向他提出一些有关"爱茵弗里德"的环境和气候的问题与意见；他的太太也和蔼可亲地插进一两句，而史平奈尔先生总是有礼貌地回答。他的声音柔和，相当悦耳，但说话不大流利，吞吞吐吐，好像牙齿妨碍了舌头似的。

饭后，大家都到了客厅里，列昂德医生特地过来祝两位新客人健餐，科勒特扬夫人便打听坐在她对面的人是谁。

"那位先生姓什么？"她问，"……史平奈尼？我没听清楚他的姓名。"

"史平奈尔……不是史平奈尼，夫人。不，他不是意大利人；据我所知，他只不过出生在棱堡……"

"你说什么？一位作家？还是别的什么？"科勒特扬先生问；他两手插在舒适的英国式裤子口袋里，耳朵凑向医生，像

特里斯坦 | 133

某些人所习惯的那样，张着嘴巴听。

"嗯，我不清楚，他在写什么……"列昂德医生回答，"好像出版过一本书，小说之类的东西，不过我的确不太清楚……"

列昂德医生一再重复"我不清楚"，乃是暗示他根本没有把这位作家放在心上，对他也不负任何责任。

"多么有趣呀！"科勒特扬夫人说。她从来还没有面对面地看到过一位作家。

"唔，是的，"列昂德医生逢迎地应道。"据说他有些名气哩……"关于这位作家的谈话就到此结束了。

可是过了一会儿，新客人出去以后，列昂德医生正打算离开客厅时，史平奈尔先生却拦住他，进行他这方面的探询。

"这对夫妇姓什么？"他问，"我当然什么也没听清楚。"

"科勒特扬。"列昂德医生答道，拔脚就走。

"丈夫叫什么？"史平奈尔先生问。

"他们姓科勒特扬！"列昂德医生说，自顾自地走了。——他根本没有把这位作家放在心上。

我们是不是已经提到科勒特扬先生回家去了？是的，他又重新居住在波罗的海的海滨，照料他的事业和孩子——就是那个冷酷无情和充满活力的小家伙，他给母亲招致了那么多痛苦和气管里的毛病。至于年轻的夫人自己，则仍然留在"爱茵弗里德"，市参议员史巴兹夫人以年长女友的身份陪伴着她。但这并不妨碍科勒特扬夫人跟别的疗养的客人建立友好关系，比如跟史平奈尔先生。他出乎大家意料之外（他过去一直没有跟任何人交往），从开头起，就异常专心和殷勤地侍奉她。而她呢，在严格的日程所空余下来的时辰，也未尝不乐意跟他聊聊。

他万分关心、极其恭敬地跟她接近，说话时总是留心压低嗓门，弄得那位耳朵有毛病的史巴兹夫人，通常连一个字也听不清。他踮起那双大脚板的脚尖，凑向科勒特扬夫人的靠椅；她微笑着，娇弱无力地靠在椅背上。他在两步开外停下来，一条腿曳在后面，向前弯下上身，用那不大流利的、吞吞吐吐的声调，恳切地轻声低语，随时准备急忙离去，只要她脸上露出一丝疲乏和厌倦的表情。但他并不使她厌烦；她请求他跟她和参议员夫人坐在一起，向他提出个什么问题，然后微笑着，好奇地倾听，因为有时他的话听起来确实又有趣又古怪，都是她从来没有听到过的。

"你到底为什么留在'爱茵弗里德'？"她问。"你需要什么样的治疗，史平奈尔先生？"

"治疗？……我只稍微电疗一下。不，不值得一提。就告诉你吧，尊贵的夫人，我为什么呆在这里：——是为了风格。"

"唔！"科勒特扬夫人说，下巴靠在手上，脸转向他，一副夸张的热心神情，就像小孩子要讲述什么时，大人故意装出的模样。

"是这样，夫人，'爱茵弗里德'是道地的拿破仑时代的建筑，有人告诉我，它以前是宫殿，一座夏宫。不错，这侧屋是后来添造的，但正中的大厦却是原来的老房子。有时候我简直少不了这古老的东西。为了保障起码的身心健康，非要它不可。显然，在软绵绵、舒适到令人淫逸的家具当中，人们的感觉是一个样子，而在这些线条笔直的桌子、椅子和帷帘当中，感觉又是另一样……这种明朗和坚实，这种冷酷的朴素和拘谨的严峻，给我力量和尊严。夫人，毫无疑问，它最终会使我得到内心的清涤和复苏，使我在品格上有所提高……"

"真有意思啊，"她说。"而且，要是我费一番心思，就会懂得的。"

他接着回答说：不值得费心思。于是他们就一块儿笑起来。连史巴兹夫人也笑了，表示怪有意思，但她并不说究竟听懂没有。

客厅宽敞，漂亮。洁白、高大的双扇门敞开着，通往贴邻的弹子房，两腿不听指挥的绅士和另一些人在那里游戏。另一边有扇玻璃门，望出去是开阔的阳台和花园里的景致。玻璃门旁放着一架钢琴。还有一张衬绿绒的玩纸牌的台子，患糖尿病的将军和几位先生在那儿打惠斯脱①。女士们在看书，或者在做针线活。一只铁火炉发出热来，但精美的壁炉里却堆着仿造的假煤块，上面贴着一条条火红的纸条，壁炉前安置着舒适的座位，供聊天之用。

"你起得可真早呀，史平奈尔先生，"科勒特扬夫人说。"有两三次我碰巧看见你早上七点半钟就出去。"

"起得早？啊，其中大有区别，夫人。老实说，我起得早，实在是因为贪睡。"

---

① 惠斯脱（whist），一种纸牌戏。

"这点你必须解释一下，史平奈尔先生！"史巴兹夫人也要求他解释。

"嗯，……一个真正早起的人，照我看，不需要起得特别早。良心，夫人……良心真可怕！像我这样的人，一辈子都跟它扭打，费尽心机才能间或蒙骗它一次，巧妙地让它得到一点小满足。我们这号人是无用的，除了几个钟头的好时光以外，都是在创伤和病痛中挨日子，因为意识到自己毫无用场。我们憎恨那有用的，知道它粗俗、丑陋，并且捍卫这个真理，就像人们捍卫他们所不可缺少的真理一样。虽然这样，受到责备的良心却一直在啃啮我们，害得我们体无完肤。再加上我们的整个内心生活、我们的人生观、我们的工作方式……它们都具有异常不健康、腐蚀和折磨人的效果，使得情况更加恶化。幸亏还有些止痛药，否则简直不能支持下去。譬如说，一定程度的守规矩，讲究卫生的严格生活方式，对我们许多人说来，已成为一种必要了。早起床，早得出奇，洗个冷水澡，出去在风雪中散散步……这也许会使我们在一个钟头内，对自己感到稍许满意。如果依我的性子，请你相信，我会在床上一直躺到下午。所以我的早起，实质上是一种伪善。"

"不，为什么呢，史平奈尔先生！我说这是自我克制……不是吗，参议员夫人？"史巴兹夫人也说这是自我克制。

"不管是伪善也好，还是自我克制也好，夫人！随你用哪个字眼都是一样。我这人是那么令人烦恼的诚实，害得我……"

"正是这样。你一定太爱烦恼了。"

"是的，夫人，我时常烦恼。"

——天气一直晴好。附近一带的山峦、房屋和园林，都沉浸在无风的恬静和明朗的严寒中，沉浸在耀眼的光亮和淡蓝的阴影里，一切都那么雪白、坚硬和洁净。万里无云的淡蓝天空，穹顶似地笼罩着大地，成千成万闪烁的光点，发亮的晶体，在天空中飘舞嬉戏。这一向，科勒特扬夫人过得还差强人意；她不发烧，很少咳嗽，吃东西也不太勉强。她照医生的嘱咐，常在阳台上闲坐几个钟头，在寒气中晒太阳。她坐在雪地中，全身裹着毯子和毛皮，怀着希望呼吸那清新、寒冷的空气，好让她的气管痊愈。有时候，她看见史平奈尔先生在园子里散步。他也是一身温暖的衣着，还穿了一双毛皮衬里的鞋子，使那双脚板显得格外庞大。他小心翼翼地挥舞两臂，那副姿态又呆板又文雅,一步一探地在雪里走着。走近阳台时,便向她恭敬地问一声好,然后登上下面的台阶,好跟她攀谈一会儿。

"今早散步时,我看见一位美人……天哪,她多美呀!"他说,头歪向一边,摊开双手。

"真的吗,史平奈尔先生?请你把她描绘给我听吧!"

"不,那可办不到。我只会给你刻画出一个不真实的形象。我仅仅在走过去时,扫了那位夫人一眼,实质上就等于没有看见。但我所看到的模糊形影,已足够激起我的想象,给我留下一幅图画,美丽的图画……天哪,多美呀!"

她笑了起来。"你总是这样看美丽的女人吗,史平奈尔先生?"

"是的,夫人;这样看要好多啦,要是为了贪求真实,干脆盯住她们的脸看,那只会得到一个实际上含有缺陷的印象……"

"贪求真实……多么古怪的字眼!十足的文人辞令,史平奈尔先生!但说实话,它给我的印象倒挺深。它值得去玩味,而我好像也有点领会;字里似乎含有某种独立和自由的意味,它连真实都不放在眼里,尽管真实是最体面的东西,甚至就是体面的化身……它使我意识到，除了那些手可以抓住的东西以外，还存在着别的什么东西，更加微妙的东西……"

"我只知道有一副面孔，"他突然说，兴奋得声音不寻常地轻扬起来，握紧的手举在肩上，激动的微笑暴露出蛀牙……"我只知道有一副面孔，要是通过我的想象，对它珍贵的真实进行什么修改，那就是罪恶！我恨不得老是去端详它，在它上面留恋，不止是几分钟，或者几个钟头，而是我整个一生，让我完全陶醉在它里面，把人世间的一切都遗忘……"

"是的，是的，史平奈尔先生。不过，冯·奥斯特罗小姐的耳朵可长哩。"

他沉默了，深深地鞠了一躬。当他重新站直时，他的眼光，带着窘迫和痛苦的神情，停留在那根奇异的小血管上；它呈现淡蓝的颜色，带有几分病态的模样，在她那仿佛透明的明净前额上岔出来。

一个怪人，一个非常特别的怪人！科勒特扬夫人有时会想起他，因为她有很多闲工夫去想。不知是换空气的效果开始失灵了呢，还是受到某种肯定有害的影响：她的健康恶化了，气管的状况一点都不理想，她感到虚弱、疲惫、食欲不振，还时常发烧。列昂德医生叮嘱她要休息、安静和当心。所以除非要躺在床上，她就在史巴兹夫人陪伴下，不声不响地静坐着，膝头上放着针线活，但不去动它，只是东想西想。

是的，他引起她思索，这位古怪的史平奈尔先生。说也奇怪，倒不一定是去想他，而是更多地去想自己。不知怎的，他在她内心里唤起一种对自己命运的罕有的好奇心，而她从来还没有过这种好奇心哩。有一天闲谈时，他曾向她表示：

"咳，女人们真是一种难解的谜……这道理虽不新奇，但你老是会为此感到诧异。喏，有位美人，一位仙子，一位如花如玉的人儿，一位神话梦境中的人物。她干的是什么呢？她去嫁给一个市集上卖艺的大力士，或者什么屠夫的徒弟。她吊住他的胳膊走来，甚至还把脑袋儿倚在他肩上，恶作剧似的微笑，四下里探望，仿佛要表示：'好吧，你们就为这事去伤脑筋吧！'——于是我们就伤起脑筋来！"

这话引得科勒特扬夫人反复思索。

又有一天，史巴兹夫人颇为惊讶地发觉，他们两人中间进行了下面一段对话：

"请问夫人——恐怕我问得太冒昧了——你叫什么，你的名字究竟是什么？"

"我姓科勒特扬呀，史平奈尔先生！"

"嗯——那我是知道的。或者不如说，我否认这点。我的意思当然是指你自己的姓名，你的闺名。说公道话，夫人，你不得不承认，谁要叫你'科勒特扬夫人'，就该挨一顿鞭子。"

她打心底里笑出来，弄得那蓝色的小血管在眉弯上令人焦急地明显凸出来，给她娇嫩妩媚的脸蛋儿带来吃力和郁闷的表情，使人深为不安。

"咳！那怎么可以呢，史平奈尔先生！鞭子？难道'科勒特扬'这名字对你说来，是那么可怕吗？"

"是的，夫人，从我第一次听见这名字起，就从心底憎恨它。这名字不仅滑稽，而且俗气得要命。如果一定要刻板地遵守习俗，把你丈夫的姓名加在你头上，那真是又野蛮又卑鄙。"

"那么埃克霍夫呢？埃克霍夫好一些吗？我父亲叫埃克霍夫。"

"啊，你瞧呀！埃克霍夫就完全不同了！甚至有过一位杰出的演员也叫埃克霍夫。埃克霍夫还不错。——你只提到你父亲的名字，那么你母亲呢……"

"嗯，我还小的时候，母亲就去世了。"

"啊。——可以请求你再讲一些关于你自己的事给我听吗？如果你疲倦，就不必了。那么你歇一会儿，让我像上次一样，继续聊聊巴黎吧。不过，说得非常轻，是的，要是你低低地耳语，那只会使一切格外美丽……你生在不来梅吗？"他问这问题时几乎轻得没有声音，还带着意味深长的敬畏的表情，仿佛不来梅是个举世无双的城市，隐藏着无法形容的奇迹和不可告人的美妙，出生在那儿，就具有天赋的神秘高贵似的。

"可不是吗！"她不由自主地说。"我是不来梅人。"

"我有次去过那儿。"他若有所思地说道。

"天啊，你也去过那儿吗？咳，真是，史平奈尔先生，我相信，从突尼斯直到斯匹次卑尔根群岛①，你一定什么地方都逛过了！"

"是的，我有次去过那儿，"他重复说。"晚上短短几个钟头。我还记得一条古老狭窄的街，在街旁的尖屋顶上空，奇

———————————

① 斯匹次卑尔根群岛是北冰洋的群岛。

异地斜挂着一轮明月。然后我进了一个地窖，里面是一股酒味和霉臭。印象真深……"

"真的吗？那在什么地方呢？——是呀，我就生在这样一幢尖屋顶的灰房子里，一幢古老的商人住宅，那儿地板发着回响，走廊漆得白白的。"

"令尊大人是商人吗？"他有点犹豫地问。

"是的。不过，实际上首先是艺术家。"

"啊！啊！什么样的艺术家？"

"他拉小提琴……但这还不能说明什么，史平奈尔先生。问题在于他拉得怎样！有些音调，我只要一听见，总是禁不住热泪盈眶，从来没有任何其他遭遇曾使我这样激动。你不会相信的……"

"我相信！啊，是多么地相信！……告诉我，夫人，你们大概是个古老的家族吧？已经有好几代人住在那尖屋顶的灰屋子里，在那儿工作和归天？"

"是的。——你为什么这样问呢？"

"因为这种情况并不罕见：一个具有讲求实际和单调刻板的资产阶级传统的家族，在接近衰亡时期，往往会再次通过艺术来放射出异彩。"

"是这样吗?——不错,拿我父亲来说,他跟一些自称艺术家并靠这种荣誉过活的人比起来,确实更像个艺术家。我只略会弹一点钢琴。现在他们不准我弹了; 以前在家乡时,我却经常弹的。父亲和我,我们合奏……啊,那过去的岁月都保藏在我甜密的回忆里;特别是那座花园,我们家的花园,就在屋子的后面。花园里荒芜不堪,蔓生着野草,围着盖满苔藓的败墙颓垣;但正好是这一切才使它格外迷人。花园当中有一座喷泉,喷泉的四周像花圈似的长着鸢尾花。夏天我常和女伴们一起在那儿消磨时辰。我们围在喷泉四周,坐在小折椅上……"

"多美呀!"史平奈尔先生说,耸起肩膀。"你们坐在那儿唱歌吗?"

"不,我们大多在打毛线。"

"可是……可是……"

"是呀,我们打毛线,聊天,我的六个女友跟我自己……"

"多美呀!天哪,听着,多美呀!"史平奈尔先生喊,脸完全扭歪了。

"这有什么使你感到特别美呢,史平奈尔先生?"

"啊，除了你还有六个姑娘，而你并不包括在这六人之内，却像一位女王那样，从她们当中崭露出来……你跟你的六位女伴是截然分开的。一顶小巧的金王冠，非常朴素，但又意味深长，戴在你的鬈发上闪闪发光……"

"咳，瞎说，哪儿有什么王冠呢……"

"有的，它隐隐地发光。我会看见它的，清清楚楚地看见它戴在你头发上，要是我在这样的时刻，曾悄悄躲在树丛里……"

"天晓得你会看见什么。不过，你并没躲在那儿，倒是有一天，我现在的丈夫，跟我父亲一起，从树丛里走出来。我们谈的话恐怕给他们偷听了不少……"

"那么就是在那儿，夫人，你认识了你的丈夫？"

"是的，我在那儿认识了他！"她愉快地高声说；微笑时，淡蓝的小血管，紧张地在眉弯上凸起。"你知道，他是来找父亲接洽业务的。第二天我们请他吃饭，再过三天，他便向我求婚。"

"真的吗！这一切发生得那么惊人地快吗？"

"是的……那是说以后进展得稍慢一些。你要知道，父亲对这事本来一点也不愿意，他提出一个条件，要我们考虑一段较长的时期。首先，他盼望我留在他身边，还有一些别的顾虑。可是……"

"可是……"

"可是我自己愿意，"她微笑着说，淡蓝的小血管，带着郁闷和病态的神情，再度主宰着整个可爱的面孔。

"啊，你自己愿意。"

"是的，而且我的态度非常坚决和庄重，就像你所看到的……"

"就像我所看到的。不错。"

"……所以我父亲最后不得不让步。"

"于是你就离开你的父亲和他的提琴，离开那幢古老的房屋，那座野草蔓生的花园、喷泉和你的六个女伴，跟随科勒特扬先生去了。"

"跟他去了……你说话真特别，史平奈尔先生！简直像《圣经》里一样！——是的，我离开了那一切，因为这是人的本性呀。"

"是的，大概是他的本性。"

"而且这关系到我终身的幸福。"

"当然。于是它就来了，幸福……"

"它是在那时候来的，史平奈尔先生，就是当他们第一次把小安东抱来的时候——我们的小安东，他鼓足那健康的小肺，用劲嘶叫起来，他可真强壮和健康呀……"

"这不是我第一次听你谈起小安东多么健康，夫人。想必他一定是格外健康吧？"

"他是的。而且他非常像我的丈夫，真滑稽呀。"

"唔！——事情的经过原来是这样啊。于是你现在不再姓埃克霍夫了，你改了姓，得到了健康的小安东，气管患了小毛病。"

"是的。——而且，你压根儿是个不可思议的人，史平奈尔先生，这点是肯定的……"

"对，我凭天起誓，你正是这样的人！"史巴兹夫人说，原来她也在场。

这次谈话，也同样使科勒特扬夫人暗自反复思索。尽管话没有什么意思，但话里包含着供她思考本身问题的有价值的内容。这是否就是她受到的有害影响呢？她愈来愈虚弱，经常发烧。温火般的寒热，给她一种轻微的振奋感觉，引起沉思、痴想、自我珍惜，和一点被损害的情绪。她不躺在床上时，史平奈尔先生便踮起那双大脚板的趾尖，小心翼翼地走过来，在离她两步远的地方站住，一条腿曳在后面，上身向前弯下去，毕恭毕敬地压低嗓子，侃侃而谈起来，仿佛他怀着胆怯的崇拜心情，把她轻轻举起，让她安卧在云彩上面，免得任何刺耳的声响，任何尘世间的干扰来触犯她……这时她就会联想起科勒特扬先生讲话的那副神情："当心点，迦伯列勒，take care，我的天使，把嘴巴闭起来！"那副模样，就好像他粗鲁而善意地拍了拍她的肩膀似的。她连忙抛开这段回忆，以便在虚弱和振奋中，躺在史平奈尔先生为她殷勤铺好的云彩被褥上休息。

有一天，她突然回到关于她出身和幼年的短促谈话上。

"那是真的吗，史平奈尔先生？"她问，"你当真会看见王冠吗？"

虽然从那次聊天后，已过了两个礼拜，但他一下就懂了这话指的是什么，并用激动的语句向她保证，当她和六个女伴坐在喷泉旁边的时候，他一定会看见那顶小王冠，看见它在她头发上隐隐发光。

过了几天，有一位疗养的客人，出于礼貌，询问留在家里的小安东的健康情况。她向正在近旁的史平奈尔先生飞了一眼，然后有点不耐烦地回答：

"谢谢你；他该怎样呢? ——他和我的丈夫过得很好哩。"

二月底，有个严寒的日子，比以前任何一天都更加纯净和明亮，整个"爱茵弗里德"都弥漫着一股放纵的情绪。患心脏病的先生们在交谈，双颊闪着红光；害糖尿病的将军唱着山歌，就像年轻人一样；两腿不听指挥的绅士们，也抛开了一切禁忌。是怎么一回事呢? 这事非同小可，要举行一次团体旅行，一次雪橇游览，乘好几辆马车，在叮当的铃响和噼啪的马鞭声中，到群山深处去游玩：这是列昂德医生决定的，好让他的病人散散心。

当然啰，"重病号"必须呆在家里。可怜的"重病号"! 大伙儿点头示意，相互约定不要让他们知道这桩事，能够借此表示一点同情和关怀，使大家都感到舒畅些。但也有些人，虽然毫无问题可以参加郊游，却不肯跟大家一起去。至于冯·奥斯特罗小姐呢，她不愿意去，自然受到大家的体谅。像她那样负有一身职责的人，压根儿就别想参加什么雪橇游览。家里绝对少不了她，一句话，她不得不留在"爱茵弗里德"。可是，当科勒特扬夫人宣称她也要留在家里时，大伙儿都感到不痛快了。列昂德医生劝她，出门呼吸点新鲜空气，会对她有好处，但也没有用；她坚持说，她没有这个兴致，头痛得厉害，全身疲倦无力，于是大家也就无可奈何了。那位说话俏皮、喜欢嘲讽的绅士，却趁机表示道：

"请注意吧，现在那'败坏的婴儿'也不会去啦。"

这话果然灵验，史平奈尔先生透露出来，他当天下午打算工作——他非常喜欢用"工作"这个字眼来表示他那可疑的活动。不过，他不去，反正没有人会感到遗憾。同样，当史巴兹夫人决定留下给年轻的女友做伴时——因为乘车会使她头晕——谁也不特别惋惜。

这一天还不到十二点就开午饭，饭刚吃完，橇车就停在"爱茵弗里德"门口了。一群群兴致勃勃的客人，穿得暖暖的，又好奇又激动，从花园里穿过去。科勒特扬夫人跟史巴兹太太一起，站在通往阳台的玻璃门旁，史平奈尔先生守在自己房间的窗口，看客人们出发。他们看到在诙谐和嬉笑中，为了占取最好的座位，发生了一些小争夺；看到冯·奥斯特罗小姐，脖子上围着毛皮领，从这辆车奔到那辆车，把一篮篮食物塞在座位下面；看到列昂德医生，毛皮小帽紧扣到额上，眼镜闪闪发光，最后再巡视一遍，也登上座位，发出启程的号令……马儿开始用劲拉车子，几位太太尖叫起来，向后倒去，铃儿叮当地摇，短柄皮鞭噼啪地响，皮鞭的长绦子在橇车木架外面的雪地上拖曳。冯·奥斯特罗小姐站在铁栅门旁，挥舞手帕，直到雪上滑过去的橇车在公路转角处不见了，快乐的喧嚷消逝为止。随后，她穿过花园回来，赶忙去履行她的职责。两位太太离开了玻璃门，而几乎就在同时，史平奈尔先生也从他的瞭望处走开。

"爱茵弗里德"疗养院里一片寂静。探险队不到天黑不会回来。"重病号"则躺在自己的房间里，忍受病痛。科勒特扬夫人跟她年长的女友散了一会儿步，然后各自回到房间里。史平奈尔先生也呆在自己屋里，忙他自己的事。大约四点钟，仆役给两位太太端上半升牛奶，史平奈尔先生也得到他那杯清茶。过了片刻，科勒特扬夫人敲了敲她和史巴兹夫人屋子之间的墙说：

"我们到楼下客厅里去吧，参议员夫人？这儿我简直闷得慌。"

"立刻就来，亲爱的！"参议员夫人回答说。"允许我穿上靴子。你得知道，我刚才躺在床上哩。"

不出所料，客厅里没人。两位太太在壁炉旁边坐下。史巴兹夫人在一块十字网布上绣花，科勒特扬夫人也绣了几针，然后就把那活儿放在膝上，靠着安乐椅背，发呆地梦想起来。她终于说了什么简直不值得启齿的话。尽管这样，史巴兹太太还是问："什么？"于是她只好耐住性子把整个句子重复一遍。"什么？"史巴兹太太又问。就在这当儿，前廊上响起了脚步声，门打开了，史平奈尔先生走了进来。

"我打扰吗？"他在门槛上就温柔地问，眼睛只瞅着科勒特扬夫人，文质彬彬地向前俯下身子……年轻的夫人回答道：

"哎，怎么会呢？首先，这屋子可以说是个自由港，史平奈尔先生；再说，你会在哪方面打扰我们呢？我觉得，我肯定使参议员夫人感到憋闷了……"

他无话以对，只好微笑着露出蛀牙，在夫人们的注视下，跨着相当拘束的步子，一直走到玻璃门口，在那儿站住，向门外探望，不大礼貌地把背对着两位太太。随后，他转过半个身子，一面继续瞧花园，一面说：

"太阳落坡了，天空不知不觉布满了云。开始黑啦。"

"可不是吗，一切都罩上了阴影，"科勒特扬夫人回答说。"看来，我们的游客还要碰上一场雪哩。昨天这时候还是大白天，现在却已经昏暗了。"

"唉，"他说，"接连几个礼拜都是阳光明媚，天阴暗一下，倒使眼睛舒服些。这个太阳，不管美的还是丑的，全都照得一清二楚，现在终于稍微隐蔽起来，我倒要感激它哩。"

"你不喜欢太阳吗，史平奈尔先生？"

"我既然不是画家……没有太阳，人会变得更内倾些。——天上一片灰蒙蒙的厚云层。这也许预示着明天将是融雪的天气。顺便说一下，夫人，我劝你不要在那后边费眼神做活儿。"

"啊，别担心，我本来就没瞧它啦。但有什么事好做呢？"

他在钢琴前面的旋转椅上坐下，一只胳臂靠在钢琴盖上。

"音乐……"他说。"要是现在能听到一点音乐该多么好！只不过有时英国小孩唱几首黑人歌曲罢了。"

"昨天下午，冯·奥斯特罗小姐还在百忙中弹过《修道院的钟声》哩。"科勒特扬夫人提醒道。

"可是你会弹钢琴呀，夫人，"他恳求地说，站了起来。……"过去你每天都跟令尊大人一起弹奏。"

"是的，史平奈尔先生，那是过去呀！是在喷泉时代，你知道吗……"

"今天再弹一次吧！"他恳求着。"就这次弹一两节给我们听听！要是你知道，我多么渴望……"

"我们的家庭医生，还有列昂德医生，都特别禁止我弹琴，史平奈尔先生。"

"他们不在这儿，两个都不在！我们是自由的……你是自由的，夫人！一两节可怜的和音……"

"不，史平奈尔先生，办不到。天晓得你指望我弹得多么美妙！我已经完全荒疏了，请相信我，几乎记不起什么调子。"

"啊，那么就弹那几乎记不起的吧！况且这儿乐谱多得是，就在钢琴上面。不，这没什么意思，但这儿有肖邦……"

"肖邦？"

"是的，他的夜曲。现在只需要我点燃蜡烛就……"

"你别以为我会弹，史平奈尔先生！我不能弹。如果弹了对我有害处呢？"

他沉默了。他站在钢琴上两支蜡烛的光亮下，无力地垂下双手：庞大的脚板，细长的黑上装，轮廓模糊的头上长着花白的蓬发，脸上光光地没胡子。

"我不再请求你了，"他终于低声说。"要是你怕对你有害处，夫人，那么你就让那渴望在你手指下鸣响起来的'美'死去和沉默吧。你过去并不老是这样理智，至少在你和美背道而驰的时候。当你遗弃喷泉、摘下那顶小小的金王冠时，你并不那么关心你的身体，态度也爽朗和坚决多了……听我说，"他过了片刻再说下去，声音更加低沉，"要是你现在坐在这儿，就像从前当你父亲还站在你身旁，他的小提琴发出使你流泪的调子时那样，弹起琴来……很可能，又会看到那顶小小的金王冠，在你头发上隐隐发光……"

"真的吗？"她问，微笑起来……碰巧，在说这话时，她的嗓子失灵了，吐出来的声音半喑半哑。她清了清喉咙，然后说：

"你那儿果真是肖邦的夜曲吗？"

"果真是。就摊开在这儿，什么都预备好啦。"

"好吧，愿上帝保佑，我就弹一支夜曲吧，"她说。"但只弹一支，你听见了吗？不用说，弹了一支以后，你就再也不要听啦。"

说了这话，她便站起来，搁下针线，走向钢琴去。她在旋转椅上坐下，椅子上面还放着几册装订起来的乐谱，摆正烛台，翻开乐谱。史平奈尔先生拖了一张椅子过来，像音乐教师似的坐在她身旁。

她弹的是肖邦的《降 E 大调夜曲，作品第九号之二》。倘若她现在真有些荒疏，那么当初的弹奏在艺术上一定十全十美了。这架钢琴只不过属于中等质量，但她弹了头几个音以后，就能优美地操纵自如。她对不同的音色表现出一种过敏的感受，对有节奏的旋律，流露出近乎痴迷的喜悦，指法坚实而又轻柔。在她的手指下，旋律鸣唱出它最诱人的甜蜜，装饰音羞怯、温柔地依附在指节的周围。

她穿的是到达那天所穿的衣裳：银灰色厚实的小腰身上衣，浮雕似的阿拉伯式天鹅绒花纹，这衣服把她的脸和手衬托得异常娇柔。弹的时候，脸上的表情并没改变，但嘴唇的轮廓似乎变得更加清晰，眼角的阴影好像更加深沉。弹完以后，她两手搁在膝上，继续盯着乐谱看。史平奈尔先生还是一动也不动地默默坐在那儿。

她又弹了一支夜曲，弹了第二支和第三支。然后站起来，但只是为了在琴盖上找别的乐谱。

史平奈尔先生忽然想到要去翻那旋转椅上的黑色硬面的

书本。他骤然莫名其妙地喊起来，白皙的大手狂热地翻阅一本被忽略的乐谱。

"不可能！……不是真的！……"他说，"……然而我并没有弄错！……你知道是什么吗？……什么放在这儿？……我拿的是什么吗？……"

"是什么？"她问。

他默默地指着封面，脸色苍白，让书垂下去，嘴唇发抖地瞅着她。

"真的吗？怎么会在这里？那么给我吧。"她直率地说，把乐谱放在谱架上，坐下静默了片刻，开始弹第一页。

他坐在她身旁，俯下身子，两手合在膝间，垂着头。开头一部分，她悠然地弹着，慢得折磨人，音节之间出现拖长的停顿，令人感到心焦。渴慕的主题，一个在深夜里迷失的孤独声音，轻轻地诉说它那胆怯的疑问。接着是静默和等待。瞧呀，回答了：同样怯弱和孤独的调子，只是清脆些，温柔些。又是沉默。突然，伴随那被抑低的美妙加强音，好像一股被禁锢的热情，猛然振奋，狂喜地迸发出来似的，爱情的主题被引了进来。它扬起来，如醉如迷地向高处挣扎，直飞上那情谊交织的顶峰，随后又沉下去，松弛解散。接着，声调深沉的大提琴鸣响起来，一面歌颂沉重、痛苦的喜悦，一面把调子引去……

在这架可怜的乐器上，弹琴者相当成功地暗示出交响乐队的效果。达到高潮时小提琴的节奏，清脆精确地在琴音中回响。她又细腻又虔敬地弹着，忠实地守卫着每个形象，恭顺地烘托出每个独立的细节，就像神父把最神圣的十字架举在头上那样。发生了什么呢？两股力量，两个陶醉的生命，在悲痛与狂喜中，为了得到对方而挣扎；它们如痴如狂地渴望那永恒和绝对的东西，并在渴望中相互拥抱……序曲①澎湃起来，然后低沉下去。她在分幕的地方停下来，默默地继续看乐谱。

这时，史巴兹夫人却已感到说不出的憋闷，当人们烦恼到这种程度时，面孔往往会变样，眼睛会鼓出来，露出僵尸般可怕的神情。况且这种音乐还影响她的胃部神经，使那消化不良的器官处在一阵阵恐怖的状况中，弄得她害怕会发一次痉挛症。

"我不得不回自己的房间去，"她软弱无力地说，"再

———————————

① 这儿指的是瓦格纳歌剧《特里斯坦与伊索尔德》的序曲。

见，我等一下再来……"

她说着就走了。这时暮色更黯淡了。屋子外面可以看见密密麻麻的雪花无声无息地飘落在阳台上。两支蜡烛投射出摇曳不定、范围有限的微光。

"第二乐章，"他悄声说；于是她翻了几页，开始弹第二乐章。

号角的鸣响在远方消失。是吗？也许是簇叶的簌簌？泉水轻柔的淙淙？这时夜的寂静早已渗透了树林和房屋，任何恳求般的警告，再也约束不住汹涌澎湃的渴慕。神圣的奥秘正在完成。火光熄灭了，死的主题，随着突然阴暗的奇异音色而降临，迫不及待的渴慕，正向那摊开双臂从黑暗中迫近的情人，挥舞它白色的面纱。

啊，只有在那永恒的尘世中结合在一起所带来的欢乐，才是无穷无尽、永不赝足的！折磨人的误会消除了，时间与空间的桎梏解脱了，"你"和"我"，"你的"和"我的"，融合为珍贵的喜悦。白昼狡猾的幻影造成他们的分离，然而它骄矜的谎言蒙骗不了黑夜中的明视，因为那一饮的魅力已赋予他们洞察一切的目光。谁曾眷恋地窥探过死亡之夜和它那甜蜜的奥秘，他在白昼的虚妄中，只会剩下一个渴望，渴望那神圣的夜，那永恒、真实、融合一切的夜……

啊，爱情之夜，降临吧，赐给他们所渴求的忘却，用你的快乐紧紧拥抱他们，让他们从充斥着虚伪和离愁的世界里解脱出来。瞧，最后的火光熄灭了！思索和烦恼沉没在神圣的黄昏中，夜色笼罩在幻觉的痛苦上，拯救着人世。就在幻影黯然失色，我的眼睛在狂悦中失去光明的时候：这时，白昼的欺骗所阻止我看到的，它在我面前所呈现和歪曲的——这一切曾给我带来不可抑止的痛苦……就在这时，啊，奥妙的灵验啊！就在这时，我就是世界了。接着，跟随勃郎加娜①阴沉的警告歌唱，出现了提琴超越一切理智的翱翔。

"我不十分懂，史平奈尔先生，有许多我只能感觉到。这是什么意思：'就在这时候——我就是世界了'？"

他简短地解释给她听，声音很轻。

"是的，是这样。——不过，你既然理解得那么透彻，为什么却弹不出来呢？"

不知怎么，他竟无法回答这个天真的问题。他红了脸，扭着手，仿佛连同椅子一起沉了下去似的。

---

① 勃郎加娜，瓦格纳歌剧《特里斯坦与伊索尔德》中的人物。

"这两样很少碰在一起，"他终于痛苦地说。"不，我不会弹。——还是请你继续下去吧。"

于是他们就继续漫游在那神秘爱情的醉人旋律中。爱情曾死亡过吗？特里斯坦的爱情？你的和我的伊索尔德的爱情？死亡的魔爪抓不到那永恒的爱！它所能扼杀的，只不过是那些妨碍我们的东西，那些狡猾地拆散原为一个整体的东西？爱情通过一个甜蜜的"和"字，把两人紧连在一起……除非一个人的"生"给另一个人带来了"死"，死亡怎么能拆散他们呢？神秘的二重唱，把他们结合在一种说不出的期待中，期待在爱情中死去，在夜的神秘王国里永不分离地拥抱在一起。甜蜜的夜，永恒的爱之夜！无所不包的极乐之土！曾在思念中窥探过你的人，怎么会不满怀愁苦地在那凄凉的白昼里重新醒来呢？亲爱的死亡，求你驱散这愁苦吧！求你把思恋的人们完全从觉醒的痛苦中解放出来！啊，那不可名状的暴风雨般的节奏！那玄妙的领悟所带来的急骤上升的有声有色的喜悦！他们怎样领受，怎样顺服这远隔白昼离愁的喜悦呢？啊，那是一种没有虚伪和恐惧的柔情眷恋，一种神圣的、没有痛苦的熄灭，一种在无穷无尽中令人销魂的黎明！你是伊索尔德，我是特里斯坦，但又不再是特里斯坦，不再是伊索尔德啦……

突然发生了一桩可怕的事。弹奏者骤然停下来，手罩在眼睛上，向暗处探望，史平奈尔先生也在座位上急忙转了身。在后面，通往走廊的门开了，一个阴暗的形影，倚在另一个形影的胳膊上，飘了进来。原来是"爱茵弗里德"的一位客人，她的病情也同样不允许她参加雪橇游览。她趁这夜色朦胧的时刻，在疗养院里作一次不由自主的阴惨游历。她就是那位养了十九个孩子、完全失去思维能力的病人，倚在看护胳膊上的郝伦劳赫牧师太太。她头也不抬，一步一探地茫然走去，穿过房间的后部，跨过对面的门槛，飘然离去——默默地，瞪着眼睛，梦游一般，不省人事……接着，寂然无声。

"是郝伦劳赫牧师的妻子。"他说。

"是的，是可怜的郝伦劳赫太太。"她说。然后，翻了几页，弹乐曲的结局：伊索尔德的情死。

她的嘴唇多么苍白和清澈，眼角的阴影多么深沉！在仿佛透明的眉头上，那根淡蓝的小血管愈来愈明显地凸出，紧张疲惫，令人不安。在她那灵活的手指下，乐曲发展到前所未有的高潮，突然被简直肆无忌惮的最弱音切断，仿佛一个人立脚的根基滑去了，或者沉入崇高欲望的深渊中似的。一股洋溢着解放和满足的情绪涌了进来，反复出现，发出心满意足的震耳欲聋的怒涛声，贪婪地一再重复，接着潮水般地退下去，似乎筋疲力尽了，然后再一次在它的旋律中体现出渴慕的主题，呼出最后的一脉气息，死去，消逝，飘散。深深的寂静。

　　他们两人都在谛听。头侧向一边，谛听着。

　　"是铃儿叮当响。"她说。

　　"是橇车，"他说，"我走了。"

　　他站起来，穿过房间。他在后面的门口停住，转过身，焦躁不安地一会儿举起这条腿，一会儿举起那条腿，然后竟在离她十五步到二十步的地方，突然跪下来，默默地屈着两条腿。他那黑色的长外套摊开在地板上。双手合在嘴上，肩膀搐动着。

　　她坐在那儿，手搁在膝上，身子略向前弯，背对着钢琴朝他看。脸上露出一丝迟疑、窘迫的微笑，眼睛沉思、费力地向昏暗中探望，好像禁不住要闭起来似的。

　　在远处，铃儿叮当，鞭子噼啪，人声嘈杂，声音越来越近……

雪橇游览是在二月二十六号举行的，旅途的见闻事后大家还谈论了好久。二十七号是个化雪的日子，那天什么都在融化、滴落、飞溅、流动，而科勒特扬夫人感到很舒适。二十八号，她吐了一点血……啊，并不要紧；但到底是血哩。就在这时，她突然衰弱了，空前地衰弱了，不得不躺在床上。

列昂德医生把她检查了一番，却丝毫不动声色。他按照科学的条文，开出处方：冰块、吗啡、严格的休息。他还由于负担过重，第二天就不再看她的病了，把她交给缪勒医生去治疗，而后者则根据他的职责范围和合同规定，极其温顺地接管了她。他是个沉默、苍白、平凡、忧郁的人，他的微不足道的谦卑职责，是看顾那些几乎没有毛病或者没有希望的病人。

他所表示的头一个意见是：科勒特扬先生伉俪间的离别已经很久了。因此迫切希望，科勒特扬先生再来"爱茵弗里德"访问一次，只要他那欣欣向荣的事业允许他抽身的话。也许可以写封信给他，或者拍封简短的电报。要是他能把小安东带来，那一定会给年轻的母亲带来快乐和力量。不用说，医生们也怀着兴趣，巴不得见识一下这位健康的小安东。

瞧呀，科勒特扬先生驾到了。他接到缪勒医生的简短电报，从波罗的海的海滨来到这里。他爬下马车，叫了咖啡和奶油面包卷，露出莫名其妙的神气。

"先生，"他说，"怎么啦？为什么唤我来看她？"

"因为你现在最好呆在尊夫人的身旁。"缪勒医生回答说。

"最好……最好……可是必要吗？我得节省呀，先生，这年头不景气，火车票又贵。这趟整天的旅行难道不能免去吗？比方说，要是肺有毛病，那我就不说什么了；可是，谢天谢地，毛病生在气管里……"

"科勒特扬先生，"缪勒医生温顺地说。"首先，气管是个重要的器官……""首先"这词儿用得很不恰当，因为他接着根本没说"其次"。

随着科勒特扬先生同时到达"爱茵弗里德"的，还有一位打扮得红红绿绿、珠光宝气的胖女人，而就在她的胳膊上，抱着安东·科勒特扬少爷，那健康的小安东。是的，他也来了，而且任何人都不能否认，他确实十分健康。他红润、白嫩，穿着整洁清爽的衣裳，圆胖、喷香，重重地压在那满身都是花边的女人裸露的红胳膊上。他吞食大量的牛奶和碎肉，哭闹嘶喊，极为任性。

作家史平奈尔先生曾从他房间的窗口，观看小科勒特扬的来临。当小家伙从马车上被抱到屋里时，他用一种奇异的眼光，又含糊又锋利地盯着他看，然后带着同样的面部表情在窗旁呆立了许久。

从此，他就尽可能避免跟小安东·科勒特扬相遇。

史平奈尔先生坐在自己的屋子里"工作"。

这间屋子跟"爱茵弗里德"所有别的房间一样：古老、朴素、高雅。庞大的五斗橱上镶着金属的狮头，高大的壁镜，不是一片光滑的平面，而是由许多镶着铅边的小方块拼成。在发蓝的油漆地板上，清清楚楚映出家具僵直的腿影。靠近窗口摆着一张宽阔的写字台，小说家也许是为了使自己更内倾一些，挂下了黄色的窗帘。

在黄沉沉的朦胧中，他伏在案上书写——写那些数不清的信件之一；这种信他每周都寄出几封，而有趣的是，在大多数情况下，都没有回音。他面前放着又大又厚的信纸，在信纸的左上角，画着离奇古怪的风景，画下面是用十足新奇的字母印好的姓名：德特雷夫·史平奈尔。他在纸上写满细小、纤巧、工整的字体。

"先生！"信上写道，"我写给你下面这封信，是因为我非写不可，因为我所要告诉你的，梗塞了我的心头，使我痛苦和战栗，因为字句那么猛烈地朝我涌来，倘若我不通过这封信摆脱它们，就会被它们窒息……"

　　为了尊重事实，必须声明，史平奈尔先生所谓的"涌来"，根本就不是那么一回事。天晓得他由于什么虚荣的缘故，硬要这样说。字句压根儿就不肯"涌来"；对于他这样一个以写作为职业的人，倒可以说是写得慢得可怜。要是有谁观察过他，就一定会下一个结论：作家是这样一种人，写作对于他比对任何人都来得艰巨。

　　他两个指尖捏住脸上一根古怪的茸毛，揉搓个刻把钟，同时向空中出神，一行字也写不出，然后写下一两个纤巧的字，重新搁下笔。不过，另一方面也得承认，最后写成的东西，却给人一个生动、流畅的印象，尽管内容从本质上说来，颇为怪诞和可疑，有时甚至难于理解。

　　"有万分必要，"那封信继续写道，"让你也看到我所看到的，看到几个星期以来，像个不可磨灭的形影似的，浮现在我眼前的事物，让你通过我的眼睛，看到在同样语言的照耀下，呈现在我心目中的东西。我通常没法回避这种冲动，它迫使我用生动鲜艳、恰如其分的字句，把自己的体验向世人公开。所以请你听我说下去吧。

"我所要说的，仅仅是曾经发生和还在发生的事；只不过是讲个故事罢了，故事很短，但令人说不出地愤慨。我不作注解，不加责难，也不加评语，只用自己的语言叙述而已。这是迦伯列勒·埃克霍夫的故事，先生，那个你自称属于你的女人……而且请你注意！经历这故事的是你自己，然而实际上是我，是我的语言使你第一次把它提高到具有经历的意义。

"你还记得那座花园，先生，那幢古老的灰色房屋后面的荒芜的花园吗？败墙颓垣围着它那梦境似的荒凉，青苔茂盛地长在墙壁的裂缝中。你还记得园子中央的喷泉吗？淡紫色的百合花，俯首在它朽坏的边缘上，洁白的泉水向破裂的石上溅流，仿佛在神秘地窃窃私语似的。夏日正临近薄暮。

"七位少女围着喷泉坐成一圈。夕阳好像在其中第七位，也就是第一和唯一的一位少女的鬓发间，隐隐地织上一顶灿烂的至尊标志。她的眼睛像胆怯的幻梦，但清澈的嘴唇上仍旧浮着微笑……

"她们在唱歌。细长的脸蛋儿，举向喷泉的顶峰，那儿，喷泉娇弱无力地弯成弧形向下溅落。她们轻柔清脆的歌声，荡漾在袅娜的舞蹈周围。也许她们一面唱，一面还用细嫩的手儿抱住膝盖……

"你还记得这幅图画吗，先生？你看见了吗？你没有看见！你的眼睛不是为此生的，你的耳朵也听不见那旋律中纯洁的甜蜜。你看见了吗？——那你就应该屏住呼吸，禁止心脏跳动。你应该走开，回到生活里，回到你的生活里去，把你所看到的当作不可触犯、不容亵渎的圣物，一辈子都保存在你灵魂的深处。但你干了什么呢？

"这幅画是个终结，先生；你怎么竟甘心要破坏它，给它添上一段庸俗丑陋的痛苦续篇呢？这是个动人和宁静的终场，浸沉在没落的黄昏的回光中，一片离解和熄灭的气息。一个古老的世族，它太疲惫，太高贵，以致不能再有所作为，不能再面临生活，正接近末日。它最终的表现是艺术上的鸣响，一两声提琴的旋律，充满死亡前心明眼亮的悲哀。……这旋律曾使一对眼睛噙满泪水，你看见过这对眼睛吗？那六位女伴的灵魂也许属于苍生；但她们姐妹般地主宰灵魂，却属于美和死。

"你看见了这死之美：瞅着它，为的是贪求它。在她那动人的圣洁面前，你心里竟丝毫没有肃然起敬的感觉。单单看还不能满足你，你必须占有，使用，亵渎……你选得可不错啊！你是个爱吃山珍海味的食客，一个卑俗的食客，一个口刁的村夫。

"请你注意，我丝毫没有中伤你的意思。我所说的并不是什么责难，而是个典型的例子，一个适用于你这种文学上毫无价值的庸俗人物的简单心理公式。我要说出来，是因为有什么在逼迫着我向你说明一下你的所作所为，因为我在世上责无旁贷的职务是照实反映事物，让它们倾吐，使不为人知的事物公诸于世。世上充满我所谓'无知的类型'，而我忍受不了这一切无知的类型！忍受不了这一切糊涂、无意识和无知的生活和行为，受不了我周围的那种天真得令人激怒的世界！一种痛苦的不可抗拒的力量，迫使我就我力所能及，对我四周的一切加以说明，申述，使它被知觉，不管这样做起促进作用，还是起阻碍作用，带来慰藉和镇静，还是增添痛苦。

"你呀，先生，正像我说过的那样，是个爱吃山珍海味的卑俗的食客，一个口刁的村夫。实际上你体质粗鄙，还处在最低下的进化阶段。财富和安定的生活方式，使你的神经系统骤然达到一种史无前例的野蛮堕落，引起享受欲望的一种淫猥的贪精求美。很可能，当你打定主意要把迦伯列勒·埃克霍夫占为已有时，你的喉头肌肉曾抽缩起来，发出啧啧的声响，就像是面对着什么可口的鲜羹或者稀有的美食一般……

"你确实把她迷梦中的心灵引上歧途，带她离开野草蔓生的花园，走进生活和丑恶里去，给予她你那庸俗的姓名，使她成为妻子，家庭主妇，成为母亲。你使那疲惫、羞怯、在崇高的不切实际中盛开的死之美，屈从、侍奉那卑贱的日常事物，那愚痴、执拗和可耻的偶像，也就是所谓的'本性'。而你这伧夫俗子的良心，却丝毫也没有意识到这举动多么卑鄙。

"再重复一遍：发生了什么呢？她这位眼睛像胆怯的幻梦一样的人，为你生了一个孩子；把自己血液和活力中所拥有的一切，给予这个小生物，这个乃父的低级生命的续篇，然后死去。她在死去，先生！我所关心的是指望她不在庸俗中死亡，终于从卑鄙的深渊中脱身，在美的死吻下骄傲、幸福地逝去。而你所关心的，恐怕是怎样利用这闲工夫，在一些隐秘的走廊里，跟婢女们消磨时间。

"你的孩子，迦伯列勒·埃克霍夫的儿子，却在苗长、生活、凯旋。他大概会继承父亲的事业，成为一个经营商业、缴纳捐税、喝饱啖足的公民；也许会成为一个军人或者官吏，一个不学无术、精明能干的国家支柱；但不管怎样，他将是一个与艺术绝缘、功能正常的人物，不体贴别人，自以为是，强壮和愚蠢。

"允许我向你坦白，先生，我憎恨你，憎恨你和你的孩子，就像我憎恨你所体现的生活，那种庸俗、可笑，然而毕竟是占上风的生活，它是'美'的永恒对立面和死敌。我不好说我轻视你。我不能这样说。我是坦率的。你是强者。在同你的斗争中，我能拿出来应战的，只是弱者的珍贵武器和复仇工具：精神与文字。今天我使用了它。这封信不是别的——这点我也要坦率承认，先生——而是一种报复。哪怕信里只有一个字还称得上尖刻、利落、华美，足以使你感到惊愕，使你觉察到有一种陌生的力量存在，使你那健壮体魄带来的镇静和冷漠受到震撼，那我就会喜悦欢腾！

德特雷夫·史平奈尔"

史平奈尔先生把信装进信封，贴上邮票，用纤巧的字体写上姓名地址，交给邮局。

科勒特扬先生敲打史平奈尔先生的房门；他手里拿着一张写满工整字迹的大信纸，那副模样看来像是要使用强硬的手段。邮局已经履行了职责，这封信走了它应该走的道路，完成它那奇特的旅程，从"爱茵弗里德"又回到"爱茵弗里德"，正确无误地到达收信人手中，时间是下午四点钟。

　　科勒特扬先生走进来时，史平奈尔先生正坐在沙发上，看自己那部封面画得离奇古怪的小说。他站起来看了看客人，眼光里含着诧异和疑问的神情，他的脸孔却明显地涨红了。

　　"你好，"科勒特扬先生说。"请原谅我打扰你工作。不过请问，这是你写的吗？"他说着，用左手举起布满工整字迹的大信纸，用右手背把它敲得噼啪直响。然后，右手插进舒适宽大的裤子口袋里，头歪向一边，像有些人习惯的那样，张开嘴巴听回音。

　　史平奈尔先生怪模怪样地微笑起来：微笑中含有一点殷勤，还带着一点不自在和近乎道歉的神情。他伸手摸了摸头，好像在思索，然后说：

　　"啊，不错……是这样……我冒昧……"

　　原来他今天对自己的性子让了步，一直睡到晌午。结果内心负疚，脑筋昏沉，神经有些紧张，斗志不昂。再加上空气中已开始有春天的气息，使他迷糊，引起一股忧伤的情绪。这一切都必须提到，才能说明他干吗在下面的一幕中，表现得那么可笑。

"唔！啊哈！很好！"科勒特扬先生说，下巴抵住胸膛，竖起眉毛，伸出两臂，还做出一系列类似的准备动作，表示他在提出例行的问题后，打算毫不留情地转到本题上来。由于他很欣赏自己的神态，因而这些准备动作未免做得有点过火；接下来所发生的，似乎跟这装腔作势的吓唬人的开场并不完全相称。史平奈尔先生的脸却已变得相当苍白了。

"非常好！"科勒特扬先生重复道。"那么让我亲口答复你吧，亲爱的，还请你注意，我认为你给一个随时都能找他谈的人，写长达数页的信，是愚蠢的……"

"好吧……愚蠢……"史平奈尔先生微笑说，含着道歉和简直谦卑的神情……

"愚蠢！"科勒特扬先生重复说了一遍，用劲晃了晃脑袋，表示对自己的论点有充分信心。"这种臭文章，本来丝毫不值得为它费口舌，坦白地说，拿它包面包我都会嫌太脏，要不是它向我解释了一些我过去还不明白的事，一些变化……

不过，这跟你不相干，也不是我所要跟你谈的。我是个忙人，我有比你那些不可告人的形影更有意义的事情需要考虑……"

"我写的是'不可磨灭的形影'。"史平奈尔先生说，挺直了胸膛。这是他在这一幕中，唯一显出一点尊严的一次。

"不可磨灭……不可告人……！"科勒特扬先生回答，看了看信稿。"你这手字写得真糟糕，亲爱的；我的写字间里才不会雇佣你哩。乍一看，倒还整齐，但再细瞧一下，那就东倒西歪，漏洞百出了。不过这是你自己的事，跟我不相干。我来是为了要告诉你，你首先是个混蛋——嗯，这点你恐怕早已知道了。此外，你还是个十足的懦夫，这大概也用不着我向你多加证明。我内人有次写信告诉我，你碰到女人，就不敢正面瞅她们，而是斜着眼瞟一下，为的是要保藏什么美感，因为你害怕真实。可惜她后来信中不再提起你了，否则我还会知道更多关于你的丑事。你就是这样的人。'美'是你的口头禅，而实际上你只不过是胆小、伪善和嫉妒而已，也正是因为这样，你才不要脸地提起什么'隐秘的走廊'，想借这话暗伤我，但结果只使我感到好笑。感到好笑！你现在明白真相了吧？我是不是对你……对你的'所作所为'已经'说明了一下'吗？你这可怜虫？尽管这并不是我'不可逃避的职务'，嘀，嘀！……"

"我写的是'责无旁贷的职务'。"史平奈尔先生说，但立刻又放弃了反抗的企图。他站在那儿不知所措，挨骂受训，就像一个大个子灰头发的可怜学童似的。

"责无旁贷……不可逃避……你是个卑鄙的懦夫，我告诉你。你每天吃饭时碰见我，你笑着向我问好，笑着递给我碗碟，笑着祝我健餐。忽然有一天，竟写来这么一封臭东西，满纸荒唐的诽谤，惹我麻烦。哈，不错，咬文嚼字你倒有勇气！倘若仅仅是这么一封荒谬的信那也罢了；但是，你在搞阴谋，在我背后中伤我，我现在可都明白了……不过你甭自以为这对你会有什么用处！要是你妄想给我妻子灌输些怪思想，那你是白费心思，尊贵的先生，她太理智了，不会接受的。要么你竟然以为，我们这次来到时，她没有像过去那样接待我和孩子，那你更是异想天开！她没吻小孩，那是由于谨慎的缘故。因为新近有这么个假定，说她毛病可能不在气管，而在肺部。在这种情况下，就得小心点……不过毛病是否在肺里，以及你所谓的'她死去'，都还有待于证明，先生！你简直是头驴！"

说到这里，科勒特扬先生换了换气。他现在非常愤怒，右手的食指不住向空中指划，左手把信纸揉得不成样子。他的脸，夹在英国式的颊须当中，涨得绯红，暴起的青筋像凶狠的闪电似的交叉在那满布云翳的额头上。

"你憎恨我，"他继续说，"如果我不是强者，你还会瞧不起我，……是的，我是强者，他妈的，我是个好汉，你是胆小鬼。要是法律不禁止的话，我会把你和你的'精神与文字'一齐剁成肉酱，你这阴险的白痴。但这并不是说，亲爱的，我就要容忍你的辱骂，不加追究。等我回了家，就把这封写着我'庸俗姓名'的东西，交给我的律师，然后我们瞧你会不会吃苦头。我的名字是呱呱叫的，先生，我的信誉是靠自己的努力挣来的。凭你的名字，谁肯借你一个铜板？这问题请你自己深思一下，你这个不知从哪儿跑来的流浪汉！你应该受法律的制裁！你危害公共安全！你把人弄成神经病！……但你别自以为你这次也能得逞，你这恶毒的家伙！我才不会让你这样的人击败我。我是个好汉……"

科勒特扬先生这时确已万分激动，他大声嘶叫，一再声称自己是个好汉。

"'她们在唱歌。'嗯。她们根本没有唱歌！她们在打毛线。至于她们所谈的呢，据我所知，是谈一种马铃薯煎饼的做法。如果我把关于那'堕落'和'离婚'的事告诉我岳父，他同样会依法对你起诉，这是可以肯定的！……'你看见这幅图画吗，你看见了吗？'当然看见啦。但我不懂，为什么我就该屏住呼吸和逃走。我从来不斜着眼睛瞟娘儿们，我好好看一阵，如果中我意，而她们也肯要我，那我就带去。我是个好汉……"

有人敲门。——房门上接连急促地敲了八九下，这阵又短又急的恐怖的咚咚声，使科勒特扬先生收住了口。接着有个惊惶失措的声音，慌张得上气不接下气，异常急迫地说：

"科勒特扬先生，科勒特扬先生，唉呀，科勒特扬先生在这儿吗？"

"不准进来，"科勒特扬先生暴躁地喊……"什么事？我在这儿有话要谈！"

"科勒特扬先生，"那颤抖的声音断断续续地说，"你非来不可……医生们都在那儿……啊，多悲惨呀……"

他一步就跨到门口，用劲打开房门。史巴兹夫人站在外面，手帕蒙在嘴上，又大又长的眼泪，成对地往手帕里滚。

"科勒特扬先生，"她一个劲儿地说，"多悲惨呀……她吐了那么多血，多得真可怕……她安静地坐在床上，轻轻哼着什么调子，突然血涌了出来，天哪，多得不得了……"

"她死了吗？"科勒特扬先生嘶喊起来，抓住参议员太太的胳膊，把她在门槛上推来推去。"没有断气吧，对不对？还没有断气，还能见到我……她又吐了一点血？从肺里吐出来，对不对？我承认，也许是从肺里出来的……迦伯列勒！"他突然叫道，眼眶里噙满泪水，可以看出好像有一股温柔、善良、诚恳而富于人性的感情从他身上爆发出来。"是的，我来啦！"他说，迈开步子，拖着参议员夫人，跨出门槛，顺着走廊奔去。从走廊的另一头，传来他那很快远去的声音："没有断气，是不是？……从肺里出来，是吧？……"

史平奈尔先生还站在原处，注视着敞开的房门，在科勒特扬先生这场突然中断的访问期间，他就站在那儿。过了好久，他终于向前移动了几步，向远处谛听。但到处都寂静无声，于是他关上门，回到屋里。

他照了照镜子，走到写字台旁，从抽屉里拿出一个小酒瓶和酒杯，啜了一点白兰地——为此任何人都不该责备他的。然后直挺挺地躺在沙发上，闭住眼睛。

上半扇窗子开着。窗外，"爱茵弗里德"的花园里，鸟儿在鸣唱，而在它们婉转活泼的细小声音里，整个春天都微妙、充分地流露出来。史平奈尔先生低声自言自语说："不可逃避的职务……"然后摇了摇头，透过牙齿缝深深吸了口气，好像神经一阵阵剧烈作痛似的。

安静下来集中思想是不可能的。谁受得了这样粗暴的待遇！经过一番内心的斗争——要分析它，那就未免扯得太远了——史平奈尔先生终于决定起来活动一下，到外面去散散步。他拿起帽子，离开房间。

他到了室外，就有一股温暖新鲜的空气在周围荡漾。他回过头，眼光顺着楼房慢慢溜上去，一直接触到一扇挂着帘幕的窗子为止。在这扇窗子上，他的视线严肃、专注、阴沉地胶着了片刻。然后，他两手搁在背后，沿着石子路走去，沉思地迈着步子。

花坛上还盖着草席，树枝和灌木依旧是光秃秃的，但雪已经消失了，小径上只有几处还留下潮湿的痕迹。宽阔的园子，连同它的假山洞、林阴小径和亭榭，都沉浸在午后绚丽的光亮中，深沉的阴影与充裕的金色阳光交织在一起，明亮的天空映衬着墨黑的树枝，枝节柔嫩、分明。

这正是太阳显出轮廓的时辰，由一团模糊的光源，变成一轮明显的下沉的圆盘；它的光芒也比以前浓厚和温和多了，不再那么刺眼。史平奈尔先生却看不见太阳；他这样走路，正好使太阳光遮住他的身体。他低着头走，轻轻哼着什么调子，短短的一节音乐，一段怯弱、哀诉地升扬的旋律，就是那渴慕的主题……蓦地，他怔了一下，短促而痉挛地呼了一口气，像生根似的站住。他紧皱起眉毛，张大了眼睛，露出恐怖厌恶的神情，发呆地盯着前面看……

　　小径转了个弯，正好通向下沉的太阳。一轮庞大的红日，围着镀金边的狭长明亮的云带，斜挂在天空中，看起来好像把树梢点燃了，并向花园里倾泻它那橘红的光辉。就在这灿烂的仙境里，头上的夕阳宛若祥光缭绕，有个穿得红红绿绿、浑身珠光宝气的丰满女人，伫立在路上。她右手撑着肥圆的髋部，左手轻轻推动一辆式样别致的童车。而在这辆童车上，坐着那个孩子，安东·科勒特扬少爷，迦伯列勒·埃克霍夫的胖儿子！

　　他坐在枕褥中间，穿一件白色绒短衣，戴一顶白色大帽子，两颊丰腴，漂亮，健壮。他的眼光愉快而准确地跟史平奈尔先生的视线相遇了。小说家正打算振作起来；他是个男子汉，应该有勇气从这浸沉在阳光中的尤物旁走过去，继续他的散步。但就在这时，发生了一桩恐怖的事，安东·科勒特扬竟嬉笑和欢呼起来；他不知怎么突然感到兴奋，尖声嘶喊个不停，令人听起来毛骨悚然。

天晓得是什么逗得他这样，要么是眼前那黑色的身影勾出这番放纵的欢乐，要么是他那健旺的本能发作起来，他一只手里拿着个骨制的咬圈，另一只手握着个铁皮的响筒。他欢呼着，把这两件东西在阳光中高高举起，摇晃，碰撞，好像要嘲弄地把什么人吓走似的。他眼睛喜得眯成一条缝，嘴巴张得那么大，以致整个玫瑰色的上腭都显露出来。他一面欢呼，一面还拚命摇晃脑袋。

于是史平奈尔先生来了个一百八十度急转弯，拔脚就走。他在小科勒特扬欢呼声的追随下，拘谨、斯文地挥动着直挺挺的两臂，踏着石子路，很勉强地故意放慢步子，仿佛要掩饰自己内心里正在逃跑似的。

（刘德中　译）

图书在版编目(CIP)数据

死于威尼斯 / (德)曼(Mann,T.)著;钱鸿嘉等译.
上海:上海译文出版社,2010.5(2025.5重印)
(译文经典)
ISBN 978 - 7 - 5327 - 5021 - 4

Ⅰ.死... Ⅱ.①曼...②钱... Ⅲ.长篇小说-德国-现代
Ⅳ.I516.45

中国版本图书馆 CIP 数据核字(2010)第 036510 号

Thomas Mann
DER TOD IN VENEDIG

死于威尼斯
[德]托马斯·曼 著 钱鸿嘉 等译
责任编辑 / 裴胜利 装帧设计 / 张志全

上海译文出版社有限公司出版、发行
网址:www.yiwen.com.cn
201101 上海市闵行区号景路159弄B座
山东韵杰文化科技有限公司印刷

开本 787×1092 1/32 印张 6.5 插页 5 字数 89,000
2010 年 5 月第 1 版 2025 年 5 月第 15 次印刷
印数:44,201—47,200 册

ISBN 978 - 7 - 5327 - 5021 - 4
定价:38.00 元